有心人

farewell
&
together

張婉雯

此刻你心裡響起 Leslie 的哪一支旋律？

目次

春夏秋冬

這株苗被丟出來的那天恰好是立春；大概是搬家的人走得太匆忙，就把它當成雜物——不，就把它當成垃圾般丟掉了。撤退的時候，人們能帶走的只有自己的身體；家俬、日用品、古老的照片、牆壁一樣大的字畫、小時候的玩具⋯⋯統統被留下。也有貓、狗、烏龜。貓是長毛貓，不消兩天毛便結成餅，伏在垃圾站前，旁邊是一堆發泡膠、廉價家具、一張長滿水漬的床褥。西施狗躲在貨櫃車車底下，逃避陀地狗群[1]追咬。青花或田園風的花盆裂開了，泥土與植物的根露出來，跳舞蘭、仙人掌、小玫瑰黃金葛，粗賤或嬌嫩的，已經沒有分別。這株苗也是如此；誰也不知道它原本是什

1 陀地狗群：在地野狗群。

麼、從哪裡來、將會怎樣。

它就靜靜地蹲在那裡。

有時，後面的野樹會替它擋一點陽光；蚊蠅在陰影中嗡嗡飛行，似乎對它沒什麼影響。它沒有花，招不來蝴蝶。蜜蜂是早已沒有的了。這裡曾經出過蜂蜜，一大片菜花田便是牠們採蜜的地方。

隔著鐵絲網，還有些未離開的人，他們如常生活，就像這裡從沒來有遷拆令，沒有發展計劃，什麼也沒發生——反正，從來沒有人問他們是否願意搬走，就像那些被遺棄的貓狗與盆栽。算了吧，他們想。這些事不是第一次發生，也不會是最後一次。他們已習慣了事到臨頭再作打算；這裡是荒廢之地——很久以前他們就是城市的難民，讓出稻米田、菜田、養蜂場，接收劏車場[2]、回收場、貨櫃場。生活就是不斷接收他人的意外；對於這一點，他們毫不意外。正因為各自各的過活，路過的人誰也不往苗的身上瞧一眼，自然沒有人知道它已從盆底伸出根來，悄悄抓著了泥土。

一棵植物沒有了泥土就什麼也不是；它只知道這個道理。

2 劏車場：廢車回收場。

螞蟻靜靜地攀上去，有些卡在泥巴與石碎之間，死了；有些帶來了枯葉與落花。這些腐化了都成為養分。蚯蚓穿越其中，挖鬆了土，空氣和水分都能通過去。到了驚蟄那天就更熱鬧了。所有的動物都從冬眠中蘇醒過來，豬屎渣[3]開始鳴叫，更多的花盛開，雖然只是鐵絲網上纏上的牽牛，路旁的馬纓丹，能被人隨意一把把的撕走。陽光和雨水慷慨地灑下，苗也和其他植物一同爭取往上攀升，漸漸茁壯起來。麻雀能在它底下躲一會，野貓把自己藏在樹後。是的，它現在已經不是幼苗，而算得上是一棵小樹了，有它自己的樹幹與樹蔭。在這變化的過程中，好些蘆葦和芒草因激烈的競爭折斷，也有雛鳥來不及啼叫，便被春風吹倒死在樹下。

春天就這樣過去了。

初夏的一場十號颱風，把植物盡數連根拔起，鐵皮屋也全部吹得東歪西倒；除了樹，它把根深深地鑽進溼泥裡，伸出樹梢攀著倒下的枯樹、鐵皮屋頂、石屎[4]垃圾站的牆角，熬過了這場風雨。之後，周圍反而清出更多的空地，足以讓它暴怒地生長。當大家發現時，樹已膨脹成一所房子了；闊大的樹冠遮蓋了毒日和酸雨，是天然的天

3 豬屎渣：鵲鴝。
4 石屎：混凝土。

花板；堅韌的樹藤互相交織，成為粗壯的屋梁。中間形成了一個大樹洞。倖存的鳥和松鼠在那裡歇息；一隻黃色的貓路過，抬頭看看牠們，又走了。

我的朋友就是在那時住進樹洞去的。

他先用火把把裡面的溼氣抽乾，墊上枯葉枯草，再墊上膠墊與毛氈，便是簡單的床鋪了。日間，他在破屋中拾來磁磚、木板，在樹下砌了幾級樓梯，方便出入。偶爾有路過的人見到，停下來觀看，並沒有搭訕。這裡誰都說不準幾時離開，不想多管閒事——事實上，附近一個地盤開始動工了，鑽地機不斷開動，村民在家裡談話也得咆哮，只好不多說。電視屏幕裡的人不再說對白，而是發出「轟轟轟」或「嘭嘭嘭」的聲音，大家照樣賴在沙發上看。黑色的狗從外面回來，一身毛沾上白茫茫的塵土，也沒有人替牠洗個澡。狗只好把自己蜷起來，在門口的木板上睡覺，睡著了也得小心避開上面生鏽的鐵釘。畢竟大門的門隙裡還會滲出一點光與冷氣，狗覺得已經很不錯了。夏天的鄉郊，日間溫度高達三十四、五，地面燒成滾燙的鐵板，狗的腳底都被燙傷了。在連續九日酷熱天氣警告後，第十天，狗一拐一拐地走到樹下；那兒有樹蔭，涼快些。我的朋友看見了，給牠倒了一碗涼水，牠咕嚕咕嚕就喝了。朋友用碗底的水給牠沖一沖腳掌，又給牠一些吃食。打那時起狗就常常逗留在樹下——牠不是貓，爬不上洞裡去。

樹仍然日復日地生長，而且長得愈來愈醜：樹幹歪曲而粗大，上面布滿筋與結，像靜脈曲張的男人的腿。兩邊的樹冠愈垂愈低，經過的人必須彎下腰，像穿越隧道。於是大家更不願走近了。何況，某一家人還剛剛誕下了孩子。他們在木門的兩邊貼上對聯，年輕的母親留著齊耳的短髮，抱著剛出院的嬰兒向到訪的親友展示，虛弱地微笑。薑醋的甜味飄來，在樹的前面消散；夏季快結束時，樹開始結果子，一串串像葡萄垂下。鳥兒啄食一口，馬上吐出來，想來味道是極酸的。熟透的果掉在地上，被狗踩爛，化在泥土裡，倒讓樹長得更肥壯。遠處傳來嬰兒的啼哭，他不明白自己為什麼會到這裡來——這裡不是快要消失了嗎？早上，他聽見的不是母親的軟語，而是打樁的巨響；夜晚，他聞到的不是草香，而是塵埃混和汗水產生的濁氣。周圍的人都笑盈盈地看著他，倒教他不明所以。偶爾，母親抱他到屋外，跟他指指樹、蚊子、蝴蝶。他只覺得悶熱，貨櫃車的廢氣令他咳嗽起來，母親連忙把他抱回屋裡。大門關上的一刻，他聽到遠遠的狗吠——就是那條大黑狗吧？我見過牠。牠本來在我家門口，現在應是挑了個更好的地方。我情願當一條自由的狗，勝於不知明天去向的人，嬰兒想。

我去看望我的朋友時已經過了重陽節了；我去看望我的朋友時，泥頭已經在村口旁邊的空地上堆成一個小山丘，蒼蠅在上面團團轉；儘管泥堆還沒有霸占行人路，村民出入時已自動自覺地繞開；對面，一叢簕杜鵑稀奇地開放，密麻麻的紫紅色的，在太陽底與沙塵裡顯得格格不入。簕杜鵑的上方是村的告示板，已經貼上政府的收地公告：收回的土地包括農地、空置土地、私人土地與墳墓，好像這裡不曾有過活物。我沿著小路往前走，狗忽然從右邊撲來，把鐵絲網搖得「沙沙」作響。牠瘋狂的吠叫不過在安慰自己，告訴自己牠仍是這裡的主人，一切都沒有改變，就像牠身後木門上殘破的橫批，寫著「國泰民安」，歲月太平靜好。我冷靜地經過這間廢棄的石屋，經過停泊旁邊的推土機；空氣中飄來動物的尿味，石榴果子零落地在枝上搖蕩，像瘦小的兒童的頭。路的盡頭一堆齊整的枯草，僅有的植物知識讓我認出那是昔日的粟米田。我的朋友就在粟米田後的樹裡；樹與粟米田之間是一大片乾旱之地；樹根吸收了地底所有的水分，變成嶙峋怪石，把地面擠裂成沙漠。我小心翼翼地跨過一塊塊結石，進入樹的範圍；陽光在這裡止步，我站在原地，等待眼睛適應過來，慢慢才看到四周：樹蔭已經鋪天垂地，像一幅暗綠色的茂密的罩；溼潤的空氣帶點冷，帶點青苔的氣味。一隻鳥從頭頂飛過，在半空滑翔，歡樂地啼叫。我瞇起眼睛，看到那是一隻豬屎渣，彩藍色的背毛，長長的尾巴，兩邊夾著白色的紋理，好像孔雀的雛鳥；牠繞了一周，在樹梢上降落，搖落了幾顆不知名的果實，「卜卜」兩聲宛如門鈴，於是我的朋友出現在樹下。他的鬍子已長成一團雲了，圍繞著他的笑臉；黑色的狗在他旁邊蹲著，大毛尾巴在身後擺啊擺。走近的時候，我不敢發出任何聲音，彷彿只要有一點聲響，眼前的一切便會分崩離析轉瞬消失。我的朋友看起來瘦了也更寬容了，咧開的嘴巴笑出一道道深刻的乾紋。你看，這裡挺不錯吧？他說。我初搬進來時，樹還沒有這麼高大。現在，即使一整天不外出，我也有果子吃，葉面上承載的水夠我和狗喝。晚上，大家都睡了，我到外面走動，月亮是那樣的大，像快要掉在地面上。他們不過問嗎？我問。他們太忙了，忙著搬家，忙著等待搬家。

你看，這裡的動植物都不走，牠們原本就是這裡的居民。但你不是啊，我禁不住反駁，你不是這裡的居民，你可以選擇。我的朋友微微一笑，彷彿我問了一個愚蠢的問題。他們被迫離開，我自願留下，這就是我的選擇。你看，他摸摸狗的頭，狗也懂得選擇，牠選擇和我一起。人沒有選擇，連狗都不是。

彼此默然了一回。我問，收地的通告已經貼出來了，你打算怎樣？打算？為什麼要打算呢？誰知道明天會怎樣呢？我的朋友指著樹洞下用磁磚砌成的梯級，你可知道，這叫做蝴蝶磚，是人手一塊塊做的。當初在這裡開工廠的人，難道想過要離開嗎？還有這些木頭，是鋸木廠的，他們已經搬過四次了，搬到這裡的原意，是希望被遺忘，但最終還是有人想起他們，想起他們腳下的土地。誰也不知道明天會怎樣，今天就讓我按照自己的意思過活吧。我放下帶來的食物，轉身離開的時候，聽到我的朋友在低吟：嗐！你們有話說：今天明天我們要往某城裡去，在那裡住一年，做買賣得利。其實明天如何，你們還不知道。你們的生命是什麼呢？你們原來是一片雲霧，出現少時就不見了。回程中我拚命地想，終於想起那是《聖經．雅各書》裡的話。

終於，冬至了。冬至是太陽離地球最遠的一天，日影特別長；冬至那天電視上說，一棵大樹忽然倒下，壓在鑽地車上，壓傷了裡面的工人，畫面的右下角是一叢紫紅的簕杜鵑。我連忙趕過去。村口泊滿了消防車、救護車與報館的採訪車；停工的打樁機被不透氣的布包起，好像一條陽具，戴上鬆垮垮的保險套。村子許久沒這麼熱鬧過了，像過新年一樣擠滿了人，交頭接耳的聲音像曾經住過的蜜蜂嗡嗡嗡飛回故鄉。我走進陌生的人堆裡，聽到斷斷續續的故事。地盤在施工。塵埃在飛揚。鑽地機在瘋狂地尖叫。一切都那麼正常，連蚯蚓的屍體也見不到。

人們聽到細微的「勒勒」聲，起初他們不以為意；首先發現的是操作鑽地車的工人。他喃喃地說，這麼吵，怎麼我還聽到別的怪聲？風吹過，恰巧把話吹到鏟泥頭的女工的耳朵裡。她抬起頭，彷彿看見些什麼，用掛在頸上的毛巾抹了一下眼睛旁邊的汗，終於看到樹的長長的影子在晃動。一棵這麼大的樹，怎麼左搖右擺起來了？在弄明白發生什麼事之前，女工已經「呀呀呀」地大叫起來，大家朝著她所望的方向，只見大樹的根鬆開了土，像一隻手鬆開它所抓緊的欄杆。然後，樹在眾人的眼前倒下了；它是這麼重、這麼高；一倒下，天便忽然像聖殿的幔子從上到下裂為兩半；飛鳥像成團的轟炸機，同一時間往上衝，高速掠過人們的頭頂，撒下一地稠綿黃綠厚如瑞雪的雀屎。偌大的樹冠碎裂了，斷開的樹枝被拋到村口的告示板上，擊碎了板上的玻璃，碎片像陣雨似地灑在簕杜鵑上，在冬日的陽光裡燦爛地閃耀，樹在地上反彈了幾下，仍然翠綠的葉子痛苦地抖動，漸漸停著了掙扎；人們終於從驚愕中醒來，發現整架鑽地車不見了。車呢？裡面的工人呢？大家嚷著報警，並沒有人敢走過去。直至消防員來到，才發現大樹的洞恰恰落在鑽地車的上方，把車子整個吞下；裡面的工人因此沒受重傷，只是嚇得魂都丟了，說不出話來。我聽來聽去，沒聽見他們提起另一個人，便直接走到救護車前，問開車的救護員：除了工人之外，還有人受傷嗎？有人死掉嗎？救護員看看我，大概覺得也不是什麼祕密，坦白回答說，沒有啊，這條村，除了地盤工人在開工，已經什麼人也沒有了。所有房子都是丟空的。我們已經點算過工人的數目，都齊全了，沒有人重傷，也沒有人失蹤或死亡，真是奇蹟啊。

不，我告訴他，這樹裡住著一個人和一條狗，狗是黑色的。狗？這裡連狗也沒有。救護員說，我們已到處看過了；沒有人，也沒有狗。我拋下救護員，拋下消防員與記者，拋下忙碌地交換情報的圍觀者，獨自越過封鎖線。地面上，本來是樹根的部分被掏空了，只餘下一個大洞；樹幹摸上去堅實，但樹心是空的，腐朽的，像棉絮一樣，手指一捏便粉碎。我撥開被自身壓得亂七八糟的樹梢，在無法看到地面的部分上用腳踩下去，的確，裡面沒有人，也沒有狗或別的動物了。他們往哪裡去呢？

冬日的低溫裡，我滿頭大汗，趁著未被人發現往反方向離開。身後的警笛聲與人聲漸行漸遠，我沿著地面的裂紋往前走，一直走，走到太陽下山的時候，才發現不見了自己的影子。

灰飛煙滅

在我丈夫失踪的時候，我的貓病了。

我的貓病了，鼻子長出了腫瘤，柔軟而岩巉；膿水隨著呼吸流動，使貓的鼻梁不時變形，貓的樣子也因此變得陌生。那是怎樣的一回事？那似乎是同一個靈魂被丟進不同的軀殼中；又或者，每次打開門，都發現自己置身於不同的房間裡……貓也許並不知道自己的變異；牠依舊盡最大的努力生活，進食、上廁所、睡覺。然而和貓一起活在的這個城市的我，卻確實地感受到這種難測的詭異的變化。

我的貓病了的時候，我剛好懷孕了，而我的丈夫失踪了。於是我獨自帶貓去看醫生。我把牠放進寵物用的手提籠子裡，走在煙霧瀰漫的街上。到達獸醫診所時，我才發現我熟悉的醫生已經離開了——我的意思是，他已經離開了這個城市。診症室裡是一位新的、年輕的醫生。我站在那裡，花了一些時間，消化又一個舊人離去的事實。

「你好，」年輕的醫生說，「我姓余。」

「你好。」我的聲音從口罩後傳出，比正常的模糊低沉，「我……」

我不知道事情該從何說起；而且，我這時才發現，余——余？——醫生沒有戴口罩。他的臉清楚地呈現在我面前：長臉、尖下巴、薄薄的嘴巴。

「動物不懂得人話，動物的主人也不懂得動物的話。」余醫生似乎知道我在想什麼，「我身為動物與人之間的橋梁，必須讓雙方看到我的表情。」

「嗯嗯。」我說，想不出回應的話。突然見到一張完整的臉，令我有點震驚。

「讓我看看你的貓，好嗎？」余醫生說。於是我打開籠子，把貓抱出來；牠的鼻與在家時又有點不同了，彷彿我在養很多頭不同的貓，又彷彿我在養同一頭如觀音一樣，變身三十三遍的貓。

「噢，乖乖。」對於貓的樣子，余醫生一點也不害怕，「你好。」

貓由他撫摸著，閉上眼睛，沒有反抗。

「牠的鼻，什麼時候開始的？」余醫生問，語氣很平靜。

「大約是⋯⋯」由於熟悉的醫生已經走了，我得把事情重新說一遍，「大約是，煙霧開始蔓延的時候。」

余醫生的目光仍然停留在貓身上。貓的毛色因病已暗啞無光；本來白色的地方變灰，本來灰色的地方變白，像老者僅餘的毛髮。

「最近，因為煙霧而患病的個案，多了。」余醫生斟酌著字眼，「人，和動物，都是。」

我不作聲。對於疾病我了解不多。

余醫生為貓做了仔細的檢查。他輕輕地打開貓的嘴巴、眼瞼；翻看耳朵；從脖子開始輕按，按貓的胸口、腹部、大腿的內側。看著醫生的手指，我彷彿觸摸到貓的心腎膀胱：乾癟，鬆垮、失去彈性。然後，余醫生拉起貓的尾巴，看看貓的肛門口。

「很乾淨。」余醫生終於抬起頭，「你照顧得很好。」

我勉強地微笑了一下，然後想起自己仍戴著口罩。

「謝謝。」我只好說。

「我看過貓之前的病歷。牠的確是因為煙霧的緣故，長出了腫瘤。這種病太新了，坦白說，我們暫時沒有針對性的療法，因為沒有人知道煙霧的成分。」余醫生依然維持他平靜的語氣，像說著一宗日常必然遇上的事，「我能做的，就是盡量維持貓的生命質素，讓牠和你都不用太辛苦。」

我不作聲。我知道余醫生說得對。類似的說話，我已聽過很多遍。余醫生一邊輕聲和貓講話，一邊替貓打了點皮下水；然後，開了營養液，一點點地用小匙給貓餵食。貓湊近，聞了一下，試探著黏一口，轉過頭去。余醫生放下小匙，摸著貓的背，跟牠說話，好一會，又把小匙遞到貓的嘴邊。於是貓又重複剛才的動作。他們這樣來來回回，我在旁邊看著。

「以前的醫生都用針筒，從嘴邊打進去。」我說。

「針筒的好處是分量準確，而且省時。但到了這個階段，我覺得貓的感受比較重要。」余醫生臉上掛著微笑。「是不是呢？小貓咪？」

事實上，貓已經七歲，一點也不小了。牠來我家的時候也已經兩歲。貓是某個社區的街貓，吃垃圾長大，長相不算討好，直到兩歲才來我家。

三十分鐘後，余醫生終於把五十毫升的營養液餵完。在等候的期間，我坐在一旁的摺凳上，拉下口罩，慢慢地喝水。

「不好意思，讓你久候了。」余醫生終於抬起頭來，「貓的胃只有一個乒乓球的大小。如果餵得太急，牠會很辛苦。」

我拉上口罩，「我明白的，謝謝你對牠有耐心。」

「可以的話，下星期再覆診。」余醫生看了我的肚子一眼，「你有其他家人可以帶貓來嗎？」

從來沒有人問過我這個問題。「我自己帶牠來便可以了。」

「貓是很聰明的動物，牠們能感受飼主的情緒。」余醫生點點頭，「照顧一頭生病的動物並不容易，希望你不要給自己太大壓力。」

「謝謝。」我由衷地說。貓大概也累了，打開籠子的門，牠便自動走進去，等著我帶牠回家。

「護士會替你叫車的，在車來到之前你可以在候診室休息。」余醫生替我打開診症室的大門，「路上小心。」

他看著我微笑。我這才驚覺自己已許久沒見過笑容。

回家後我把籠子打開，貓便走到熟悉的窩子裡睡著了。外出讓牠疲倦，我也是。然而在休息前，我必須先把口罩除下，用信封裝好，丟進有蓋垃圾桶裡，洗淨自己的雙手，換衫，把外出的衣服丟進洗衣機，倒進消毒劑，開洗衣機，然後休息。街上的煙霧不知何時出現也不知何時消失；而無論如何，空氣中殘餘的粒子仍然飄落四周，滲進衣物的纖維、人體的頭髮與毛孔中。

沒有人知道煙霧何時來襲。上一次帶貓出門看病，我在街上遇見一群不認識的人。據說他們負責維持秩序。

「你大肚的，你上街幹什麼？」他們問。

「散步。」我答。

「散步？」他們把我從頭到腳打量一遍，彷彿我是個瘋婦。我沒能力解釋太多；如果我告訴他們，因為貓長了腫瘤，要帶牠求醫的話，大概只會得到「這個時候還要顧貓來作什麼」之類的回答。

「是的，我想散步。」

「大肚就別出門！回去吧！」他們又說。

煙霧刺鼻的氣味使我流淚，我無力辯駁，只好離開。

現在，我拉上窗簾，攤在沙發上，看著天花板，覺得自己像一條被海水拋上岸的魚，唯一能做的是等待，等待另一個浪把我捲回水中。貓喝了營養液，大概不會肚餓；我閉上眼睛，強迫自己入睡，卻不成功。胎兒在我的子宮內動了一下。我再次爬起來，倒了一杯豆漿，迫自己喝下。

一個星期後，我和貓再次出現在余醫生的面前。我仍然戴著口罩。余醫生仍然露出整張臉。

「貓咪還好嗎？」余醫生問。

「差不多吧，沒有變好，也沒有變差。」我答。

「沒有變壞，就是好事了。」余醫生把籠子打開，把貓抱出來，「啊，感覺體重沒太大變化呢。」

接下來，像上次一樣，余醫生用手替貓的身體進行檢查。這次，貓的鼻子變成了橢圓形，大小相差無多。

「旁邊有一張凳子，你先坐下來吧。」醫生說。我這才發現，上次的摺凳已換成堅固的木凳，有椅背的。

「不用抽血嗎？」我問。

「對有病的動物來說，血是很珍貴的。」余醫生的指頭在貓的頸上按壓，「能不抽便不抽。」

我坐下來，忽然感到疲累的感覺蔓延全身；診症室的光管散發著刺眼的白光，把一切傷口與病變照得清清楚楚；我在這強烈的燈光中努力地保持清醒，好幾次幾乎打起盹來。

「剛才過來的時候，的士司機繞了路。他說，前面街口爆發了煙霧。」為免自己睡著，我只好找個話題。

「是的，就在診所附近。」余醫生拿起聽筒，「如果你早十分鐘到，大概進不了門口，我們臨時拉閘了。」

「啊？」我清醒過來，「有這麼嚴重嗎？」

「護士嗅到煙霧的氣味，便馬上拉下鐵閘。診所裡都是病弱的動物，有的在留醫。我們要盡力保障牠們的安全。」

說罷，余醫生把聽筒貼在貓的胸口，檢查心跳與呼吸。我只好閉上嘴巴；睡意再次滲進我的身體，像水緩緩上漲。

「很好。」

我醒來。

「呼吸的聲音清楚，心跳有點快，但暫時沒有雜音。貓很努力，你也照顧得很好。」

這句話無端令我有流淚的衝動。我以為煙霧又攻進來了。

「我現在要餵營養液了。」醫生放下聽筒，「會用上一些時間。」

「會不會太麻煩你呢？你上次示範過，我想我做得到。」

「不是因為擔心你做不到，而是，身為醫生，看見患病的動物進食，是很快樂的。」余醫生把枱面的燈亮起，關了天花板的一枝光管，「你好好休息一會。」

然後，跟上次一樣，余醫生一邊餵食，一邊跟貓溫柔地說話；在這些低語中我毫無抵抗力，迅速掉進睡眠中，連夢都沒有一個，直至光再次在頭頂亮起。

我張開眼睛。余醫生抱著貓，抬起頭，看著我。我看一看手表——我睡了四十五分鐘。

「非常抱歉。」我連忙站起來。本來放在大腿上的手袋掉在地上。

「沒關係。」余醫生彷彿看不見我的狼狽，把貓放進籠子中，「能夠好好休息，對人和貓都是很重要的。」

「謝謝。」我收拾好手袋裡掉出來的東西，帶著貓逃出診症室。

是的，自從貓生病以後，我的睡眠變得很淺很淺；我生怕牠會在我熟睡時死去。以前，我的丈夫總是工作到夜深；醫院的工作太忙了，日間要看的症太多，文件只能晚上做。丈夫是個認真的人；一想東西便皺眉。未結婚時我以為那是良好的品格與引人的魅力，婚後我才發現，家裡的氣氛會因為一個認真的人而凝固。那時我是處於懷孕初期，總是感到疲累；每一晚，我都如同掉進枯井裡似的，掉進了睡眠。偶爾半夜醒來，我看見我的丈夫仍然開著小小的夜燈，在電腦前工作。

「我吵醒了你嗎？」他問。他的目光仍然逗留在屏幕上。

「不，」我答，「沒什麼。」

「你先睡吧。」他說，仍然沒有朝我看。於是我爬起來，把蜷曲在床尾的貓抱到身邊。

「貓身體裡的弓型蟲會影響胎兒。」丈夫終於望向我。

「家裡的貓不吃生肉，沒事的。」我答。

「我知道，不過提一句。」丈夫的注意力重新回到電腦上。於是我再次矇矓睡去。

那時我還不知道，一場無以名狀的煙霧將會覆蓋全城，而我的丈夫和他的同袍正在討論一些奇怪的先兆，例如患上呼吸道疾病、驚恐症、憂鬱症的人在同一時間增加。醫院的病床只能開到走廊上與廁所門前，但管理層卻不讓前線醫生說話。這些，都是在我丈夫失蹤後，我才知道的。

逐漸，我聽到風聲，說是別區開始出現不明氣體，刺鼻如同燃燒時的柏油——燃燒的柏油其實是怎樣的？那會像火山爆發時的熔岩嗎？還是鐵鍋中滾動的熱油呢？

終於，某一個晚上，我們正打算入睡之際，窗外忽然傳來一聲聲的驚呼；我們望出去，見到外面灰暗厚重的、雲樣似的濁氣正向這邊移動。我走近窗邊，尖刺的氣味像無數枝針扎進鼻腔、眼眶。

我咳嗽起來。丈夫把我拉開，把窗關上，拉上窗簾。

「我要出去一趟。」丈夫說，開始收拾上班的背包。

「現在？」我大吃一驚，「你到哪兒去？你看不見窗外的煙霧嗎？」

「就是因為看見了，才要回醫院一趟。」丈夫已經走到門前，然後又回頭，吻了我的面頰，「放心，我很快回來。」

這個戲劇化的舉動令我整夜無法安眠；自那個晚上開始我便難以入睡，而貓也開始生病了；貓的身體比人細小太多，一點點煙霧便足以致病。

我模仿余醫生的方法，用小匙給貓餵食；那比我想像中困難多了。一隻不願進食的動物比石頭還要頑固；才十分鐘我已唇乾舌躁。

「這是你愛吃的罐頭，」我盡量讓語氣聽起來平靜，「你先試試看，好嗎？」

貓別過臉去；鼻梁上的膿包晃動。貓大概感受到我並不真誠，我真實的浮躁與疑惑。

「你就吃吃看，好嗎？」

再過十五分鐘我放棄了。貓徑自走到床邊，躺在陽光照到的地方。窗外，有一棵正在緩慢地枯萎的樹；我看著它的葉子變成黃色，變得乾躁脆弱，如雪紛飛落下。

如果煙霧沒有出現，樹，和貓的生命會長一點嗎？我無法想下去，因為我的丈夫說過：「假設性的問題於現實無益。」

警車的笛聲在窗外響起，又匆匆遠去；腹中的胎兒翻動，像一隻小手一拳搥中我的胃。我衝進洗手間，卻吐不出什麼。

再次踏進診症室時，我坦白跟余醫生說：這個星期貓不願用小匙進食，我只能用針筒灌，確保牠有基本的能量。

「請不要怪責自己。」余醫生點點頭，「這不是你的錯，也不是貓的錯。」眼淚毫無預警地紛紛落下，如同窗前的樹葉。余醫生沒有看我。他把工作枱上的毛巾拿走，換上一塊厚毯。

「天氣開始變涼了，要注意保暖。」余醫生搓揉自己的雙手，然後把貓抱出來。「像之前一樣，檢查需要一點時間，請你在椅子上休息吧。」

椅子是上星期的椅子，上面多了一個靠背的墊，上面繡著太陽花的圖案，有點俗氣，卻熟悉。我坐下來，把腰陷進靠背中，看著貓。每星期一次，我能從旁觀者的位置，看著別人懷抱中的我的貓；牠的鼻子與今早又不同了，但至少看起來沒有我想像中的痛苦。

「體重是輕了一點點。體重變化的因素很多，數字只是參考，貓的整體狀態最重要。你覺得牠這個星期過得怎樣呢？」

「我……」我努力地回想，「大致平穩吧。有時牠寧願吃超級市場買來的便宜貓糧。我只好由得牠。」

「這是對的。治病本是希望病癒後可以享受生命。如果治療的過程太痛苦，那就本末倒置了。」

我點點頭。其實我不太能聽清楚余醫生的話。心不在焉。

「那麼，你呢？」余醫生忽然問，「你這個星期也過得好嗎？」

「我……」我想不出該如何回答，也想不出該如何拒絕回答。余醫生是可信的；只是我自己不想過於唐突。

「如果你想的話，可以脫下口罩，這樣呼吸會暢順些。」

「謝謝。我昨晚跟貓一樣，吃了罐頭。」我按照余醫生的建議，脫下口罩，交出笑容。事實上我沒胃口。

「能吃就好，身體會主動告訴你，它需要什麼。」

「不是說孕婦要有足夠營養嗎？懷孕的貓也得吃夠。」

「比起營養，懷孕的貓更需要安全感，所以臨盆時貓會找個牠認為安全的地方生產。」

「我不知道這個城市是否還安全，」我鼓起勇氣，「我也怕別人知道我吃不好睡不好。他們說，為了胎兒，我應該好好照顧自己。」

「好好照顧自己是應該的。」余醫生笑道，「不管你是否懷孕。想吃什麼便吃什麼吧，心情好比較重要。」

余醫生把貓抱起，撓牠的下巴。貓「咕嚕咕嚕」地叫，顯得很舒適。

我們沉默了一會；診症室的空調發出低鳴。

「其實……」我清一清喉嚨，「余醫生，你怎樣看最近發生的事呢？」

「我只是個動物醫生。」余醫生笑道。

「動物醫生也是醫生，人類不過是哺乳類動物而已。」

余醫生低頭，親了貓一下。貓聳一聳變形的鼻子，並不拒抗。

「上星期，在回家的路上，我看著一隻麻雀從半空的煙霧中掉下來。」余醫生的語氣像在講一個陳年笑話，「牠掉在行人路中心，就在我幾步前。我快步過去看看，見到牠還有微弱的呼吸，便捧上手，往牠的嘴巴裡吹氣，看看能否救活牠。」

「結果呢？」

「結果牠在我手上斷氣了。」余醫生撫摸著貓的背，「我知道醫生不是上帝。但那一刻，我實在非常憤怒，非常難過。」

我看著余醫生的臉，想像他憤怒難過的樣子，不太成功。

「我……」我試著說，「在某個煙霧瀰漫的晚上，我的丈夫外出了，再也沒有回來。」

余醫生看著我。

「他跟你一樣，是醫生，不過他是人類的醫生……他說，他要返醫院。」

我還記得那個晚上的煙霧。像深海。整個城市彷如陸沉。

「我不認識你的丈夫，不想評價他的決定。但我想，我明白他的心情。」

我不作聲。

「我想像不到你生氣難過的樣子。」我試著轉換話題。

余醫生莞爾。

「這是正常的。我在診所時是一個樣子，離開了診所是另一個樣子。」

「類似的話，我也聽丈夫說過。也許，我從沒了解過他。」

「『了解』。」余醫生重複這兩個字，像嘴裡含著甘欖，「你愛你的貓嗎？」

我對這個明知故問的問題感到一點愕然，「愛的。」

「那麼，你能了解牠的想法嗎？或者說，你能改變牠，讓牠吃你想牠吃的食物嗎？」

我無法回答。

「我知道，你很愛你的貓。」余醫生的手摸到貓的肚，「愛和了解有時沒有關係。」

我靜下來，讓余醫生專心地為貓作觸手檢查。貓在他的手下，總是很平靜。

「了解，是認知層面的事，屬於理性範圍。」余醫生忽然問，「你在這裡出世嗎？」

我想了一想，才明白「這裡」指的是「這個城市」。

「是的。」

「我也是。」余醫生的手移到貓的尾巴，「我沒想過有一天，這裡會變成這個樣子。也許，我從來沒有了解過自己的出生地。」

那個晚上，我看著窗外的夜色：蜿蜒的天橋像夜色中的河，橙紅色的車頭燈是河面上流動的燭光。只要不看新聞，不管世事，這個城市依然相當美麗。如果煙霧沒有出現，我和我的丈夫應該正在平靜地生活：上班、下班，期待孩子的出生，然後讓他上學、放學，直至他也上班、下班……而現在的我，正擔心孩子的將來，擔心貓、擔心丈夫的安危；我甚至在擔心這些擔心只是出於懷孕期的荷爾蒙分泌變異。事實上，人們知道我懷孕後，並不替我高興；他們先是停頓幾秒，然後遲疑地說：「恭喜你啊」，那聲調跟「有煙霧啊」是一樣的。

我連明天怎樣過也無法想像；假設性問題於現實無益。貓的鏡像出現在玻璃上。牠蹲在我的旁邊，和我一樣，看著外面的風景。牠的畸形的鼻重疊在天橋後面的高樓上，像是明信片裡的、背景上的高山。

「我跟貓一起看夜景，看了十五分鐘。然後，我嘗試給牠餵食。」

「順利嗎？」

「不，」我重重地嘆了口氣，「牠不吃。」

這時，貓正在余醫生手裡的小匙上，小口地喝營養液。

「為什麼會失敗呢？」我又問，等候余醫生提出一個可行的方案。余醫生望著貓，微笑著。

我等了好一會——大約五分鐘。貓終於喝完了，別過頭去，然後用爪抹面。

「為什麼會失敗呢？」余醫生看著我，「老實說，我也不知道。」

我對於這個答案並不滿意，然而也想不出該如何回應。

「你上次說，愛不等於了解。」我嘗試掙扎，「我曾經以為我對愛很熟悉。我每天餵貓，給牠梳毛。我每天打點丈夫上班的衣服，煮飯時考慮營養均衡與顏色配搭。」

「你做得很好。」

「可是一切並不如我所願。貓寧願餓死都不理我。我覺得自己是個失敗的飼主。」話才出口我便知道自己非常唐突。余醫生只是個獸醫，不是心理輔導員。我為自己的失態流下羞恥的眼淚。

「謝謝你把感覺告訴我。」余醫生把枱面的紙巾遞給我，「正如我上次所說，飼主的心情對貓的健康有直接的影響。你能宣洩情緒，對你，對貓都是好的。」

我想哭，但不太能哭出聲音，只好擤擤鼻子。

「貓在你這裡，好像比在家還適應。」我勉強笑道。

「放心，我不會搶走你的貓。」余醫生用浸過暖水的小毛巾替貓抹臉，「養貓，是最傻的。貓不會感恩，不會給你尊重，不會陪你玩。貓甚至不愛你。」

我一時分不清余醫生說笑還是認真。

「我是認真的。」他彷彿知道我在想什麼，「動物醫生也是醫生，同樣要接受嚴格的訓練。我們接受的教育，就是理性、程序與規條。不但是診症的時候，日常生活也是如此。對於醫生來說，愛的體現就是秩序與判斷。」

我考慮了一會。

「這樣說很冒昧，但，你讓我想起我的丈夫。」我把話說開。

「說來聽聽。」余醫生對我的比喻似乎並不意外。

「我丈夫一家都是醫生。從小，丈夫的父親便嚴格訓練他的孩子。例如，明知求熟人便可以讓兒子進入心儀的教會學校，他仍堅持要孩子們靠實力考進去。」

「嗯。」

「我的丈夫從小學開始便被安排參加各種課外活動：小提琴、英語會話、畫畫……到現在，丈夫的母親仍在抱怨：你這個父親做得太心狠了，你是醫生，病人都感激你，你有的是各種門路。丈夫的父親先是『哼』一聲，然後勉為其難地解釋：做人不能隨便破壞規矩，也不能隨便欠下人情。」

「嗯。」

「所以……我丈夫也是個守規矩的人。他跟後輩訓話時，語氣跟他父親一模一樣。」

「那麼，」余醫生點點頭，「你喜歡這種生活態度嗎？」

「不喜歡，」我很快回答，「但我羨慕。」

「為什麼羨慕？」

「我從未見過我丈夫失眠。剛結婚的時候，我曾問他為何能夠隨時入睡。他說，醫生必須保持頭腦清醒，而讓頭腦清醒的最佳方式就是充足的睡眠。他的畢業論文題目是『睡眠與痛症的關係』。」

「聽起來很厲害。」

我聳聳肩。

「因此，對於那些無法入睡的病人，我的丈夫總是寄予同情，毫不吝嗇地給予安眠藥。交往的初期，我們的話題是如何保持良好的睡眠質素。」

余醫生哈哈大笑起來。

「如何早睡早起、少夢、REM保持良好的節奏；專注集中，少胡思亂想，」我忽然笑了，『睡不安穩的人很難產生正面情緒，也沒能力面對生活上各種難題』，我的丈夫說。」

「我也同意啊。」余醫生點點頭，「你呢？」

「那時我不過是個戀愛中的女子，我當然聽他的。」

「哈。」

我們安靜了一會。

「直至煙霧出現之前，我都以為我非常了解我的丈夫，而且愛他。」我又聳聳肩，「就像對我的貓那樣。」

離開診所的時候，我帶著貓，到附近的商場買了一袋二袋的嬰兒用品，然後跳上的士。然而車子駛到十字路口便無法前進。前前後後俱是停下來的小巴、巴士、私家車，連電單車也無法駛過去。

「前面封路了。」司機說，「有煙霧。」

「噢。」

我們又默然地等了十分鐘。車廂外，巴士乘客開始魚貫下車，走上行人路；漸漸地又溢出馬路面。

「你要下車嗎？」司機看著倒後鏡內的我。

我挽著手抽袋下車，橫過幾輛車的前後，擠上行人路，跟著黑色的人群走。這裡是市中心，街道在平時熟悉不過；前面是百貨公司與銀行總行交界的十字路口，那裡有地鐵站。然而，當我們走到那裡時卻無法前行。

我們處身煙霧封鎖區的外圍。

十字路口平時往來各式車輛；現在，這裡變成無人的空地。部分人留下來，我跟著其他人往右轉，漫無目的。我一邊走一邊回頭，忽然想起結婚之前我和丈夫約會時到郊外野餐的情景：我們在大公園的的草地上吃蘋果、奔跑，看著草如何被風壓低。當時的世界是那樣的遼闊、青葱、蒼茫，如同眼前這片空地。

「小姐。」

我轉過頭來。

「你的臉色不太好，需要幫忙嗎？」

對方是個年輕人，戴上黑色棒球帽，黑色口罩。很高，很瘦，我抬起頭才看到他的眼睛。

我拎著貓籠的右手有點痠，只好換到左手，「我聞到煙霧的氣味。」

「是的，你最好快點離開。」

「我會的。」為了貓，我必須盡快回家，「你呢？你一個人嗎？」

「我沒事。我留在這裡，看看有什麼能幫忙。」

「但……」我咳嗽起來，不由自主地被人群推向前；最後一次回頭，我看見黑色的棒球帽消失在煙霧中。

那個晚上我安全回家，沒有頭暈眼花也沒有流血受傷。我甚至為自己做了簡單的晚餐；等到在餐桌旁邊坐下來的時候，才發現自己根本沒胃口。電視新聞報道，煙霧來過我們下午路經的路口，又離開了路口：就像我跟年輕人的對話，如同幻覺。

我關掉電視，把沒吃過的飯菜放進冰箱裡，然後洗碗。冷水從水龍頭裡流出，沖在洗碗海綿上，撞出一堆泡泡，透明而綿密，從手心中湧出來，彷彿廚房裡有個製造夢想的神仙。人工的芳香散溢；據洗潔精上的說明，那是薰衣草的香氣，和我日間在嬰兒用品店所聞到的氣味一模一樣；只是，那幾袋嬰兒衣物，只怕已沾上了煙霧。

一陣嘔心的感覺湧上來。我把手浸在滿盤的洗碗水中，試著讓冰冷的水讓自己冷靜些。然而我終於大哭起來。

「這個星期，有好些嗎？」余醫生問，「貓有吃些什麼嗎？」

「好些。」我苦笑，「三餐裡有一餐願吃我餵的東西。」

「這不是很好嗎？」余醫生的語氣像在鼓勵小學生，「那麼，你自己呢？胃口好些嗎？」

「嗯……似乎好些吧。」

「那太好了。」余醫生滿意地點點頭，「希望你是為了自己而吃，而不是為了你的貓，或你的孩子。」

「有什麼分別嗎？」

「為自己而吃，味道會好些。」

我笑了。余醫生也笑了，然後替貓量體重。

「跟上星期一樣。能維持原狀，很不容易呢。」

貓好像聽懂醫生的話，瞇起眼睛，看著他。貓的眼睛本來已被腫瘤擠壓，變得很小。

「貓的髖關節比上一次硬。」余醫生摸到貓的大腿，「我們來按摩吧。」

「按摩？」我問。

「貓吃的藥已經夠多了。我的看法是，餵藥的過程令貓和飼主感到壓力；能用別的方法，彼此都會輕鬆些。」

我沒見過獸醫為動物按摩。對於新事物，我的適應能力不高，只好保持沉默。余醫生慢慢地轉動貓的四肢，先是前腳，然後是後腳。到了右面的後腳，貓明顯地抗拒，大聲叫起來。

「應該是這隻腳感到痛楚。你在家裡有見到貓走動的情況嗎？」

我努力地想，卻想不起來。為什麼呢？我不是整天留在家裡嗎？我明明哪兒也沒有去，也無法去。

「久病的動物少動，關節不適是常見的，你不必怪責自己。」余醫生抬起頭，看著我，「你過來，試試看。」

「我？」

「是的。」余醫生依然看著我，「你才是貓的家人。」

我把手放在貓的右邊後腿上。

「試試轉動貓的大腿關節，幅度小一點。」

「會弄痛牠嗎？」

「可能。這需要你和貓逐步協調。」

我吸一口氣，摸到貓大腿與軀幹連接的位置，慢慢地旋動；才一下，貓便痛苦地「喵」了一下。我連忙縮手。

「我有點怕。」我坦白說。

「面對恐懼是需要學習的。現在，把自己的手心搓熱，按在貓感到痛苦的地方。」

我把雙手放在胸前，用力地上下搓揉。

「這樣，可以了嗎？」我問。

余醫生伸出手，拉著我的手腕，輕輕地，把我的手放在貓的大腿上。他的手很溫暖。我感受到貓的動脈在跳動，一下，一下。

「你能感覺手心的溫暖嗎？」

「能。」我答，「我也感受到貓的疼……牠說，骨頭的部分，很冷。」

「保持平穩的呼吸。」余醫生收回他的手，「貓會感受到你的節奏與脈搏。你能平靜，貓也就能克服痛苦。」

我在貓的身體上輕輕地揉動；我心裡想著：別怕，我們愛你。

這樣想的時候，我確實感到心裡的虛怯，然而我清楚知道，我沒有說謊。

離開診所的時候，我忽然覺得，這是我最後一次見到余醫生了。到了下星期，可能是貓已經不在了，也可能是余醫生離開了，他已經把他所懂得的，全部告訴我。街上的人仍然戴著口罩，匆匆地掠過我的身旁；他們的影子投影在商店的櫥窗上，曚曨而真實。

到家的時候，我把籠子打開，讓貓出來。那輕快的步伐讓我想起之前牠的確有點腳步闌珊。現在，牠像剛來到我家時的樣子，沿著玄關的走廊一直走，走到客廳上的沙發，敏捷地跳上去。

沙發上躺著我的丈夫。

丈夫睡著了，鼻鼾如雷，大概是累了。他看起來瘦了些，頭髮長了些，下巴的鬚渣讓他的臉看起來憔悴。

我站在原地，想叫醒他，想說些什麼，卻什麼也說不出來。貓跳上丈夫的胸口，轉了一圈，把自己圍起來，然後安穩睡去；牠的腫瘤歪向丈夫的鎖骨，像找到了一個被安置的地方。

我摘下口罩，坐在餐椅上，看著沉睡的他們。胎兒翻動了羊水；窗外，煙霧正緩慢地、濃密地，帶著它的祕密與詛咒，吞噬了整個城市的天空。

farewell
&
together

無心睡眠

早餐時，我問丈夫：「你聽不到嗎？」

「什麼？」他問。

「沒什麼。」我微笑。我忘記了，丈夫一向睡得沉。是那種火山爆發也不會醒來的沉。

「你也再睡一會。」出門前，丈夫說，「反正沒事情。」

這是他每早都說的話。人們總是覺得家庭主婦的時間無窮無盡，彷彿那些衣服會自動跑上晾衣架，碗碟會清潔自己。我給狗換了乾淨的水；洗好早餐用過的杯碟；換床單；開動洗衣機；然後，抹地，抹窗，抹房間裡的一切。接著洗衣機剛好停止，晾衣服；把收下來的燙平。我每日孜孜不倦地幹這些事，不讓自己空閒。家務完成後，還得到超市買菜，預備母親的食物。把飯菜送到療養院是我每日的任務。

狗在陽台前俯伏，見證我的勞動。

「你聽到嗎？」

我轉過頭，是兩個不認得的婦人，

「我是聽不到，但好幾個街坊都說聽到。」

原來不是和我說話。

「是啊，我也聽不到，但有人說吵得沒法睡。」

「是不是女人的聲音？」

「據說是，尖尖的。」

收銀機前還有兩三個人才輪到我。我把注意力放在面前的購物籃上：牛油果、麥皮、南瓜、麵包、薯仔。母親身體不好，牙已全掉了，我只能煮糊狀的、沒有調味的東西。不好吃，但我只能讓她吃這些。

付款後，我匆匆離去。回家後我小睡了一會，做了夢。夢中沒有聲音，只有漆黑中的一道門。在它打開之前，我便醒了。

「婆婆，飲湯呀。」

黛西把湯一匙匙餵進母親的口中。湯水從母親的嘴角溢出來了，黛西用紗巾替她抹走。

「乖呀——」

母親果然把湯一口口喝光了。

「她今早吃了什麼？」我問黛西。

「麵包，果汁。」黛西想了一想，「同半碗粥。」

空氣中瀰漫著一股氣味：皮屑、排洩、頭髮的氣味，儘管這裡是院舍中租金最昂貴的獨立房間，而黛西已經把房間保持得很乾淨。

「婆婆，mum 來探你呀。」黛西站起來，替母親梳頭。「mum 呀，你個女。」

母親抬起頭，看著她。

「嗰邊[1]，」黛西指著我，「嗰邊呀。」

母親抓著黛西的手，裂開沒有牙齒的皺巴巴的嘴巴，無聲地笑了；她已經不認得我。打從那時起，她的世界便沒有了期望，變得很平靜。

「比你激死呀[2]。」黛西也笑了。她老愛穿背心，又不剃腋毛。我別過臉去。

「這是婆婆的晚餐。」我指著保暖壺，「昨晚她吃了多少？」

「食剩啲[3]菜呀，mum。」黛西說話老愛加個「呀」，「婆婆咬唔[4]到。」

「菜是一定要吃的。」我站起來，「你今晚把菜剪碎給她吃。」

「知道呀，mum。」

1 嗰邊：那裡。
2 比你激死：被你氣死。
3 啲：的。
4 唔：不。

「婆婆睡了你便回去。」

「知道呀，mum。」

離開療養院，我忽然感到無比疲倦，在回家的的士上打起盹來。大概因此我當晚又失眠了。丈夫的鼻鼾聲依然吵得像一輪超速的電單車。我索性到客廳的沙發上躺著。狗發現了，靜靜地走近。黑暗中，我還是看到牠的明亮的眼睛。

狗是一年前我在村口的垃圾站上遇見的。當時牠只比我的手掌長一點，在微雨的路旁打顫，大概是跟母狗走失了，或是被人拋棄了。我站在當地，看著牠好一會，然後脫下大衣把牠包著帶回家裡。丈夫回來，看見狗，同樣站在當地，看看牠，然後看看我，便一言不發地接受了狗的存在。

我沒有給狗改名字——狗想要一個名字嗎？我也不知道牠是否喜歡待在人類的家裡。我不特別喜歡動物，只是在那一刻覺得無可選擇：人來人往，沒有人看見牠，除了我。

「嗨。」我摸摸牠的頭。

狗一向安靜乖巧。但此刻牠忽然抬起頭來，向陽台的方向望，那眼神彷彿有所發現。我站起來，朝狗的目光所在走去；深夜二時，外面只有街燈，照著沒有影子與人的柏油路。

我把陽台玻璃門的門簾拉上，拾起被褥往書房的地板上胡亂睡下。我在睡著前聽到自己的嘆息。

「昨夜，好像又來了。」

等村巴的時候，

「你聽見了？。」

有人在我後面說話，

「我聽不見，我小兒子說聽見，嚇得睡不著覺。」

等了很久，

「這條村是不是鬧鬼啊？」

村巴還不來。

「也不至於吧？」

路邊塵土飛揚，

「會不會是精神病人？發神經那些。」

我看著對面馬路，

「也不是沒可能。」

人來人往，

「誰知道呢？」

沒有狗。我決定走路回家。

婚後，我住在這條村，卻從沒有走過這條路。黃昏。天陰，沒有夕陽。白色的統一的村屋在我眼前延展；右手邊是海——不是電影中浪漫的海岸，而是堤壩上布滿了膠袋、啤酒罐與煙頭、瀰漫著鹹腥味與垃圾臭的無聊海岸。頭頂傳來一陣狗吠聲，我抬頭，是低層單位露台的一隻貴婦狗，對著空氣無意義地吠叫。

在我以為一切沒有盡頭時，要出現的人就忽然出現了。

「陳太太，買菜？」

我往後退了一步，臉上掛上禮貌的微笑，「李太太好。」

李太太「嘻嘻」地笑起來。花白而蓬鬆的頭髮讓她看起來仁慈。

「陳太太真是窈窕，」李太太用她慈祥的眼神打量我，彷彿我這個人是她一手打造的，「結了婚也不發胖！我們那時的避孕丸愈吃愈肥。」

「我⋯」才開口我便打住；我告訴自己沒必要向別人交代避孕方式。

「我說，陳太太你福氣好，」李太太嘆了口氣，「陳先生是個好好先生⋯⋯你們生出來的孩子一定乖的。」

再轉兩個彎就到家了，好像走來走去也走不到。

「不要像我的兒子那樣，」李太太嘆了口氣，「我的兒子，又問我拿錢了。」

「哦⋯⋯」這根本不是什麼新鮮事了，我只好含糊對應。

「今次說是做生意，要用錢。」李太太擦一擦眼角，「所以，陳太太，你命真好。」

我控制自己不去反駁；事實上我也想不到要反駁些什麼。李太太的話大概不是對我的批評。

拖著一袋袋的食物與日用品我終於到家了。把門關上後我倒在沙發上；狗走過來，嗅我一下，像要確認我是否還生存。我應該先餵狗。還得把菜放進冰箱。但我做不到；我攤在那裡，直到丈夫下班回來為止。

「媽近來怎樣？」丈夫問。

「差不多。」我盯著水煲。

「嗯。」他把多士[5]端出去，水便燒開了。我沖好咖啡隨後。

「我昨日見到李太太。」我告訴他。

「什麼？」

「李太太。」

5 多士：吐司。

丈夫看著手機，把多士送進口。大自然中有哪一種動物是一邊進食一邊做其他事的？好像沒有。我想起澳洲的短尾矮袋鼠；牠捧著葉子進食的樣子，總是非常開心。那是紀錄片上才見到的生物。

「她還好嗎？」丈手問。原來他聽到我的話。

「她說她的兒子問她借錢。」

「今次又是什麼原因？」

「做生意。」

「哈。」丈夫笑起來，「下次就是生意失敗。再不然被生意拍檔騙錢。」

「別這麼刻薄，」我說，「李太太是個可憐人。」

「嗯。」丈夫放下手機，抹嘴，「這個週末我有空，我去看媽。你休息一下。」

「別給她亂吃東西。」我提醒。丈夫出門後我癱瘓在沙發上，看著陽台前在吃早餐的狗。已經好幾個星期沒遛狗了；我太累了。即使剛剛才起來我已覺得累透了。

母親忽然說：「我想吃雪糕。」

「雪糕？」我看著黛西，「她說什麼？」

「我想吃雪糕。」母親重複。

「不可能。」我說，「冷東西你不能吃。」

「我要吃雪糕。」她愈來愈大聲，「我要吃雪糕。」

「不可以。」我低下頭收拾東西，「我給你煮了番茄薯仔豆腐。你今晚把飯吃光。」

「我要吃雪糕！」母親揮舞著手上的湯勺。黛西伸手去奪，被她推開了。

「我要吃雪糕！我要吃雪糕！」母親把嘴裡的食物吐在我的身上，「你讓我在這裡坐監！你找個人來監視我！你每天讓我吃豬餿！」

我沒法說出話來。

「婆婆，唔好呀！」黛西忙著抹走母親吐出來的東西，又把抹過母親嘴巴的布往我身上抹。我用力撥開她的手。

「夠了！」我聽見自己的咆哮，「你鬧夠了沒有？吃雪糕你會病！你會咳死！」

「你就想我死！你一早就想我死！」母親把湯勺擲往房門，幾乎擲中推門進來的護士。

「你們怎麼了？」護士看看我，又看看母親。沒有人答她。

「佢哋[6]呀，嘈交[7]。」黛西嘆了口氣，「婆婆同佢個女[8]呀。」

我把殘局拋給護士與黛西，在窒息前跑到街上去。一架架巴士在我眼前經過，我想像自己撞上去的情景；這是我唯一得到睡眠的方式。

「今天我在馬路上見到一隻狗。」晚餐時，我告訴丈夫，「在彌敦道。」

「彌敦道？」丈夫一邊問，一邊把炒麵送進口中。我只夠氣力隨便炒個麵。

「是啊，就在療養院樓下，在大巴士旁邊奔跑，我以為自己看錯了。」

6 佢哋：她們。
7 嘈交：吵架。
8 佢個女：她女兒。

「會不會真是看錯呢？」丈夫不太相信，「可能是電單車？」

「不會吧，狗跟電單車相差太遠。」我努力回想，「那是一頭黑色的唐狗，身上有點癩皮。」

「可是狗怎麼會出現在彌敦道呢？」

「或許是迫不得已的原因，例如被人追趕之類。」我嘗試解釋，「又或者，想自殺。」

「動物會自殺嗎？」

「或許牠正在求生，逃離某些可怕的現場。」

丈夫放下筷子，看著我，彷彿在確認我有沒有幻覺。

「媽怎樣了？」大概是沒什麼發現，丈夫轉了話題。

「差不多，」我想了想，「又發瘋。」

「老人痴呆了，據說脾氣會變差。」

「她本來脾氣就差。」

「也許她不認得你了。」

「不，她認得我的。」我肯定。我媽恨我，就像我恨她一樣。這比眼前的炒麵更為真實。

這個晚上我再次毫無睡意；我索性替狗上好狗繩，牠便安靜地跟我走。開門時，狗先把頭往外伸，嗅嗅外頭的空氣，確定沒有危險了，便看了我一眼。我輕輕地拖著繩，示意牠往前走，牠便踏出家門，眼睛裡閃著興奮的神采。

「對不起。」我跟狗說，「老是讓你困在家裡。」

不知道狗是否聽得懂我的話，步伐輕快起來。深夜的街上沒有一個人，我和狗朝村尾的方向走，那聲音便漸漸清晰起來了。出門時我已做了心理預備，又帶上了狗，便繼續往前走。

夜半三時，沿路還有亮起燈的窗戶。不知是否因為這哭聲的緣故。

遠處，海岸的盡頭，婦人坐在石凳上哭；在潮溼的空氣中，她模糊的輪廓就像一塊往下掉的抹布。我和狗停下來。

婦人轉過身來，看著我，似乎並不感到意外。

「你是鬼魂嗎？」我問，「你吵得大家沒法睡。」

婦人不作聲。她或許是鬼魂，或許不是。

「你已經哭了很多晚了，」我試著說，「你走吧，放過你自己，也放過我們。如果你是鬼，就投胎去，不要留戀人間。」

「你不怕鬼？」婦人問。昏黃的街燈下，我無法看清楚她的臉，「你不怕報應嗎？」

「活著本身就是報應。」我笑著說，「還有什麼可怕的？」

婦人突然向我衝來。在我勉力站穩的同時，狗已經無聲地擋在我和婦人之間。

「我做錯了什麼？」婦人停在狗前面，語氣非常堅定，「我到底做錯了什麼？」

「你當然沒做錯。」我再說，「錯的都是別人。」

婦人停下來，彷彿在思考我的話。

「你的苦不過是求仁得仁，不是嗎？」

我激怒她。我懷著惡意。

「你說什麼？」婦人的聲音突然提高了。狗立即朝她狂吠——這是我第一次聽到我的狗吠；狗要往前衝，幾乎把我拉跌。狗暴怒了，毛都倒立起來，齜著牙，彷彿站在牠面前的是久別的仇人，牠終於遇見的仇人。

「不要，」我在慌亂中緊緊地拉著狗繩，感覺像跟一隻狂怒的野獸拔河，「狗，不要。」

待我驚魂甫定，我發現婦人已經不見了——大概是被狗嚇跑了。狗忽然回復平靜；蹲下來坐著，就像什麼也沒發生過。

我抱著狗大哭起來。

這個週末，丈夫代替我往療養院去。

「有什麼要帶給媽嗎？」丈夫問。

我想了想，「雪糕。」

「雪糕？」丈夫顯然有點驚訝，但他沒有往下問，「對了，我昨天看見李太太，在外面的茶樓。」

「哦？沒聽說過她會飲茶。」

「她沒看見我。」丈夫把麥皮裝進保暖壺中，「她跟她的兒子在一起。」

「哦？」我更驚訝了。我一直以為李太太對兒子避之不迭。

「看起來挺開心的，李太太。」丈夫穿上球鞋，「雪糕是雲尼拿[9]味？還是朱古力？」

我沒有回答。

「你再睡一會。看中午要吃什麼，打電話給我。」

睡意如同關上的大門一樣，「嘭」一聲把我關在世界的外面。是的，睡眠。我希望自己能深深地墜進去，一個夢也沒有。

我把自己扔在床上。閉上眼之前，我看見狗靜靜地向我走來。讓我出去吧，狗說，讓我出去見見陽光。

9 雲尼拿：香草。

farewell
&
together

金枝玉葉

我家附近有一幅爛地。那是私人屋苑與公共屋邨之間的地方，四周用鐵絲網圍起，網後是橫生的雜草，說不出名字的樹；蚊蟲亂飛，野貓走過。也有狗。一隻天真的黑色幼犬，曾向我咧嘴而笑。據說也有野豬。在某些寧靜的夏夜，路過這裡，我會嗅到一陣花香，隱約而清幽，像白蘭，也有點像薑花，粗長的野種，慷慨地向路人招手。我問丈夫：這是什麼花？好香。夜歸的時候，不要說聞到香味，「唔乾淨」，他說，「會招惹遊魂」。他送我的花都是沒氣味的，例如向日葵與康乃馨。

我總說不出這香的名字，就像我說不出女人的名字一樣——我從來沒知道過。

在我母親口中，她就是「嗰個[1]女人」，詳細一點的話，就是「我哋個度嗰個女人[2]」。所謂「我哋個度」，指的是母親所住的公共屋邨。每天早上，母親與一群年紀相若的婦人，在平台的榕樹下耍太極；那榕樹在這個石屎森林中顯得極為高大，寬大的樹冠蓋著半邊天空，氣根圍繞樹幹林立，像自成一國的領域。風在葉子之間吹進來；那兒是太太們晨運、納涼、閒聊的好地方。

女人也曾玩過幾天太極，母親說。不過幾天後又不來了，走到遊樂場那邊。那邊的人不耍太極，跳扇子舞。她找她們聊天。

有一次，我和母親到街市買菜，母親忽然用手肘撞我。

「呢，就係嗰個女人。」

我順著母親的目光看去，不遠處有個女人正從樓梯上來——那其實就是個極普通的中年婦人，電過的頭髮及肩，繫上彩色的髮帶；幼框眼鏡，沒化妝的臉，嘴角因法令紋而往下垂。身上一件杏色橙色綠色夾雜的薄紗上衣。

女人的臉隨著上樓梯的步伐往上升，驟看予人肅目之感——我眨眨眼睛；女人便

1 嗰個：那個。
2 全句意指：我們那邊的那個女人。

回復平凡，看起來就像屋邨裡任何一個女人。

我本來也住在這屋邨裡。

「我哋個度嗰個女人。」母親開始她的敘述。我常覺得，母親如果生在宋朝，應該就是個市集上的說書人。

「什麼女人？」我熟練地接話。天氣太熱了，我家沒有宋朝市集的樹蔭，我只好給她開了冷氣。如果我也生在宋朝，應該就是剃了個槁子蓋頭，淌著鼻涕，等著故事開始的街邊細路[3]。

「我都係聽啲街坊講，我只係見過嗰個女人幾次。」母親先表明立場。我一邊收拾剛晾乾的衣物，一邊聽她說。

「嗰個女人呢，其實我都同佢一齊晨運過一排既。佢見我哋成班街坊朝頭早晨運，佢都落嚟玩過幾朝。佢同黃太講，話呢兩年無得上深圳搽骨，周身唔舒服[4]。」

3 細路：小孩。

4 全句意指：那個女人，其實我有一段日子早上跟她一起運動。她見我們一群鄰里做運動，她也來過幾天。她跟黃太太說，這兩年無法上深圳按摩，渾身不舒服。

「很多人喜歡上深圳揼骨。」我答應著，把孩子的襪重新反過來。他老愛把襪脫下便丟進洗衣機裡。

「不是正正經經揼骨啦，」母親覺得我太天真，「佢同黃太講，話嗰度啲後生仔好力啲，服侍得好喎[5]。」

「哦……」我想了一想，覺得價錢才是最重要吧，「其實這些事也不用刻意向別人提起。」

「呢樣都未算[6]。」母親果然是鋪墊的高手，「佢其實有老公，佢同佢自己阿媽，仲有個女一齊住。佢老公呢，好慘既，中咗風，要坐輪椅。」

「哦……」我在褲袋裡掏出一團溼透的紙巾。幸好衣物上沒有紙屑。

「佢索性叫另一個男人返來，一齊住係個公屋單位入面[7]。」

「吓，」我有點吃驚；我是個稱職的聽眾。「為什麼不索性離婚呢？這樣她老公不是更難受嗎？」

5 全句意指：他跟黃太太提到，說那邊的小伙子力氣好，服侍得好。
6 全句意指：這些都不算什麼。
7 入面：裡面。

「唉，佢話要照顧佢老公喎。聽啲街坊講，有次佢地幾個食完晚飯係度睇電視，個女人忽然叫個男人入房，閂埋房門唔知搞乜[8]。」

「那……」

「係呀，佢個女嬲到死呀。」

「她的女兒多大了？」

「中四啦，好大個了。」

我只覺得這一切實在太過奇情，忘記追問這種閨房祕事為何會洩露——中四的女孩子大概不會把這事告訴街坊；夾敘夾議添油加醋向來是說書人傳統。

「但係後來嗰個女人趕走咗個男人。」

「這又是為什麼呢？」

「因為個男人打她老公。佢話，我叫你嚟住係一件事，你唔可以打佢喎。」

「哦……」我消化了一會，「那麼她也不是毫無原則……」

8 全句意指：她說要照顧老公。聽街坊說，有次他們一家吃完晚飯在看電視，那女人忽然把那個男人叫進房中，關上房門不知在搞什麼。

「你可以咁講既[9]。」我媽點點頭，不反對我的點評。

我摺完衫，抬起頭。「夠鐘了，得接放學。」

「哦，」母親仍然坐著，「接回家？」

「不，去補習社。」

「我看他太多功課了。」

「沒法子。」我不想多講。母親不會明白，現在的小學課程有多複雜——連我自己也不明白。

「那我先走了。」母親站起來，「仲[10]以為可以見到我個乖孫。」

其實距離放學還有半小時，我通常會提早出門，到附近的茶餐廳坐坐。

「靚女！」

幾個黑黝黝的男人坐在另一邊。附近的舊屋邨正在拆卸重建，將來會成為光鮮的豪宅。男人們在拆卸的地盤開工，是茶餐廳熟客——我認得他們。

9 咁講既：這麼說。

10 仲：還。

「我點咗杯奶茶，好耐[11]啦喎。」其中一個男人瞇起眼睛，打量走過的侍應阿姐，「點解佢哋快過我咁多既？[12]」

「唏，」阿姐頭也不回，你不嬲都耐過人架啦[13]，你唔知咩？」

於是男人們哄然大笑起來。這一類黃腔該算是餐牌的一部分，常餐 A 的特飲。

「凍檸茶少冰走甜。」阿姐把檸茶放在我面前，「一陣接放學啊？」

「是的。」我微笑，點頭。

「好大個啦，」阿姐的釘珠一字膊上衣在琥珀色的檸茶後閃耀，「好乖架，你個仔。」

「謝謝。」我點頭。育兒專家說，有人稱讚孩子的話，家長不必故作謙虛，儘管大方道謝即可。這樣可以增強孩子的自信。

「阿姐，今日個菠蘿包咁大個既[14]？」男人們又吵起來。

「揀個大啲既，塞住你把口！」

11 耐：久。
12 全句意指：怎麼他的比我的快？
13 你不嬲都耐過人架啦：你一向比人久啦。
14 咁大個既：這麼大。

「點大都唔夠你大啦！」男人沒等阿姐答話，便又自以為好笑地大笑起來。我瞄了收銀機後的老闆娘一眼。她正在數銀紙，正眼也沒望過來。

這半小時就是我每日的獨處時間。什麼事都與我無關。

天氣一日比一日熱。屋邨的花都開了：火焰木的花蕾像往上升騰的火苗，串錢柳與簕杜鵑如同煙花，在潮溼的空氣中無聲地爆發。

然而現在我正身處恆溫的超級市場中，陪母親買米。

「超級市場啲嘢，真係貴過街市好多。」我媽拿起一罐罐頭湯，「街市賣十二蚊[15]，呢度[16]賣十六蚊，差咁遠。」

母親所指的街市，在屋邨的另一端，溼滑而混濁。貨品是極多的，有許多我講不出名堂的事物。

後面忽然傳來一聲「早晨」。我回頭看，是吳太太，我媽的晨運友。

「早晨。吳太太你好。」

15 蚊：元。
16 呢度：這裡。

我希望自己沒有記錯她的姓氏——應該說，是她丈夫的姓氏。

「你睇下你個女，」吳太太拍拍我媽的肩膊，「真係廿四孝！」

「咁佢係幾乖既[17]。」我媽答。我媽該沒看過育兒專家的資訊。

「喂，你有冇聽過，嗰個女人嗰阿媽啲嘢[18]？」吳太太笑吟吟地，問。

「我知，」我媽拿起一包餅乾，湊到面前看，「我聽黃師奶講過。」

「真係冧過佢[19]。」吳太太沒能得到預期中的答案，有點沒意思。

「所以我都費事問。」我媽把餅乾放下，拿起另一包，「咩人都有。」

吳太太訕訕地走開了。

「呢個吳太太，好八既。」我媽說。

「是嗎？」我隨口答應。

「佢講完嘢俾你聽，就會開始套料，問下你個孫讀書讀成點，係唔係名校[20]。」

我媽把餅乾遞給我，「你看看，這包有沒有豬油？」

17咁佢係幾乖既：她還算乖。
18嘢：事。
19冧過佢：聽到不好的事，將不吉利的事還給對方。
20全句意指：她跟你講完別人的是非，便會開始八卦，問你的孫子書讀得怎樣，是不是名校。

「這包是牛油鬆餅啊。」我說「牛油鬆餅就是用牛油吧。」

「看清楚好，我個孫鍾意食。」我媽把鬆餅放進購物車，「無，啲街坊同嗰個女人既阿媽講過，叫佢勸下個女唔好帶第二個男人返屋企啫。」

「哦。」我拿起餅乾，翻到背後看食物標籤，脂肪太多了。

「你知唔知佢阿媽點答？」

我拿起另一包餅乾，全麥的。

「怎樣回答呢？」我一邊順從敘事者引導，一邊把手推車推向貨格的另一端——誰知道後面有沒有另一個聽八卦的人？

「佢阿媽話：車！[21]我個女咁後生，鬼叫佢滿足唔到我個女呀！」

我佩服老太太的坦白。

「後來啲街坊同我講，佢阿媽好鍾意打牌，成日周圍撩啲男人同佢打牌，一坐低就拉低件衫露個心口出嚟，搞到啲男人輸哂啲錢。」

「但是她的母親應該年紀不小了吧？」

[21] 車：嘖。

「六十幾啦！男人係咁架[22]啦！有得睇點會[23]唔睇？」我媽大概覺得我少見多怪，話題就此結束。貨架後面只有一個看起來不關事的老伯；他大概沒想過我的母親會這樣評價他和他的同類。

我一直記住這個女人的故事，直至後來，我在街市上跟她聊起來——應該說，我再度成為某個女人的聽眾。

那是一個普通到不能再普通的下午。我在茶餐廳等著接放學。穿珠片上衣的阿姐不見了，換了另一位脂粉不施的女士。頭髮扎起，眼睛大大的，嘴角有顆俏麗的痣，人卻有點不苟言笑的感覺。她依舊落單、上餐，男人們看她一眼，安靜下來。

離開的時候，剛好碰上老闆娘從外面回來。老闆娘今天化了點妝，跟我點頭微笑。街市路口的木棉花落盡了；溼漉漉的路面上英雄遍地。

街市電梯門打開，我媽口中的「啯個女人」和一個男人已經在裡面。在大腦運作

22 咁架：這樣。
23 點會：怎會。

完成之前，我已走進去，電梯關門。

他們在聊天，內容彷彿是某個小孩子的教養問題。

電梯到達頂層，我、男人和女人相繼離開。男人走向另一個方向；這個時候，我看了女人一眼。她也看到了我看了她一眼。

「我認為，而家[24]啲教育制度，係好唔合理。」女人說。

「嗯。」我回答。

「其實細路仔係唔應該一味做功課。佢哋應該多啲時間出去玩，做多啲運動，見下個世界。」

「的確是。」我由衷地同意女人的話。

「而家個世界唔同咗。唔係話一味勤力就得，都要問下自己點解[25]勤力。」

「嗯嗯。」我想不到任何反對的理由。

「要多啲出去玩，先知自己鍾意啲咩。」

「嗯嗯嗯。」我保持禮貌。

24 而家：現在。
25 點解：為何。

「唔係個個都想做醫生律師……」她忽然看我一眼，聳聳肩，轉身離去——大概是看到我臉上客套的微笑。

回家的路上，我和孩子經過鐵絲網後的爛地；我以為伏在那裡的是一隻野貓——不，那只是一個生鏽的鐵桶。

在那之後我碰見女人幾次。她再也沒有跟我說話，就像一切從來沒有發生過。

某個晚上我在回家的路上又嗅到那種香味。那是颱風的前夕，蟑螂在路上倉皇亂竄，我踮起腳快走，恐防牠們爬上腳來。悶熱的空氣像塊巨形保鮮膜把世界重重包圍，然而我知道半空正在蓄積暴雨和風；它們在世人的頭頂盤旋，等待適合的時機爆發能量。

一陣溫熱的氣息吹過，花香忽然撲向我。

在距離大廈閘口還有幾步的地方我停下來。這次我決心要找到香氣的來源。眼前黑影掠過，是一隻芥末黃的飛蛾，靜靜地降落在燈柱上；雙翼上兩顆黑色的圓形圖案，像一雙渴睡的眼睛。

忽然，飛蛾起飛了；在混濁的空氣中牠穿過鐵絲網，飛到爛地上。昏暗的街燈下我看見牠撞向一叢灌木的花上；那花小而白，幾朵撮成一團；飛蛾撲上去，花便搖動起來，迎向蛾的吸吮。

我想像那花蜜的滋味。

風起了，帶著雨水與草青，如殺戮的腥。我急步走進大廈中。

「你回來了。」丈夫給我開門，「颱風到了。」

我走到窗前，看見平台上的樹不住搖晃。雨開始打在玻璃窗上，愈來愈激烈。天文台說，這是個超級颱風，風速超過過去五年的所有風暴。

風從窗戶的隙縫中閃進，我又嗅到那花的香味。

「好香！」我大聲說。在室內的光亮的安全的家裡，我被排除在所有的不潔以外。

我想起那飛蛾，覺得牠未必捱得到明朝，忽然明白牠那飛行的姿勢與意義。

怪你過分美麗

之後一段很長的時間，我走過那裡，便會想起那場面：黑色塑料布下面隆起的塊狀；旁邊兩個木盒；混凝土上烏黑的血漬。當然不是愉快的回憶，但我似乎也不大害怕，覺得那大樓起得這麼高，一定有這麼個用途，有這些事。那是我小學六年級時的想法。

潘太太。那個小嘴巴、留著短的鬈的黑髮、皮膚白淨的潘太太，如今已肢離破碎；她的所有的顏色混在一起，混成黏稠的頭顱、四濺的肉醬、流動的血水……據說木盒裡是她的眼球。潘太太，我記得的潘太太，總是笑咪咪的。她跟其他太太不同。她們說話像吵架，吵架像世界大戰。她們打孩子打得鬼哭神號。她們把自己的丈夫看成戰俘。潘太太不那樣。她安靜，個子很小。在升降機裡，她不看別人，尤其是後來，她根本不跟別人搭同一部。她站在後面，一直等，等到所有人都回家了，等到一部沒有人的升降機了，她才急步走入。而如果升降機裡是我或別的不知情的小孩，她便有些表情，看著我們微笑。升降機裡，短短的幾十秒，她或許會跟我們說兩句話，問我們吃過飯沒有，書包重不重。然後，升降機門開了，我看著她的背影隨關門消失。

我最後一次見到她，她也是這個背影。

我拉開鐵閘，祖母與母親沒有望過來。母親忙著車衫，祖母坐在膠凳仔上摺衫。我把書包放在摺凳上。電視正在報新聞。我脫掉鞋襪，跑進房裡，攤在下格床上。「換校服呀。」祖母抬頭，看了我一眼。我沒有睬她。她也沒有再理我。我看著上格床的木板——上格床才是我的床鋪。那時候，我的心願是，希望有一天，回家可以馬上攤上自己的床，不用爬上爬落，也不用攤在別人的床鋪上。

飯香漸漸傳到房間；「噠」一聲，是電飯煲煮好飯的召喚。祖母站起來。那時，祖母還很健壯。

「食飯啦！」

我的確肚餓了，可是懶得動。不過，算啦。我們這些孩子，註定讓大人呼喝的。再不出去，母親就出動了。我勉強拖延了幾秒，不情不願地走出房間。

「換校服呀。」祖母端著出一碟蒸餸。於是我又回到房間，拉上門，把校服換下來，又在床上攤了一會。上下格床對面的五桶櫃，裡頭塞滿了衣服雜物。櫃面的玻璃壓著父母結婚的照片、姊姊和我嬰兒時期的照片、還有一張黑白照，是內地姑姐年輕時的，梳著兩條粗大的辮子。

「食飯啦。」

我拖著步伐出來。成年人不會相信一個小學生的疲累。

飯吃到大半，劉師奶便來了。每天她都這個時候來，也不管人家在吃午飯。

「黃師奶，吃飯啊？」每天她都明知故問。

「是呀，」媽對劉師奶只是淡淡的，「你呢？吃過飯了？」

「一早吃過啦，阿仔返下晝。」劉師奶倚著鐵閘，忽然壓低聲音，「喂，你昨晚聽見了嗎？嗰隻嘢。」

「無留意呀。」媽站起來，走過去。然後她們低聲交談了幾句。

「不阻你吃飯了。」劉師奶終於宣布離開。媽過來，在飯碗的剩飯裡添點熱茶。

「這劉師奶還挺多事的。」祖母忍不住說。

「就是嘛，每天來說這個那個，不應酬兩句又不是。」媽把剩飯扒進口，「不過，那個也是有點……不正經……」

祖母沒搭腔。飯就在餘下的靜默中吃完。她們以為我什麼都不知道。

每日下午四五點是屋村仔的遊戲時間。鐵閘拉開，響了第一聲，便像戰鼓那樣漫延開來。走廊盡頭的格仔牆是我們的集合點，到時到候便人齊——我、雞仔、靚仔德。我們夾著幾乎一模一樣的人字拖，漫無目的地穿梭，搭較[1]上落，從屋村的一頭遊盪到另一頭。有錢便買零食：魷魚絲、孖條。無錢便看別人賣零食。士多老闆的女肥妹比我們年長，據說快要考會考了；胖胖的，老愛穿背心裙，又不剃腋毛。士多[2]平台的角落，外面是個花圃；花圃後面是一張刻了棋盤石桌。我們在石桌上彈波子、射橡筋，趁著陽光，在樹後看肥妹裙擺下的大腿。

1 搭較：搭乘電梯。
2 士多：store。

還有枇杷。花圃中是一顆枇杷樹，從來無人理會。每逢初夏，淡橙色的果子逐漸成形，一個一個串起來，疊起來，擠擁起來。雞仔瞄瞄這些肥胖的枇杷果，再瞄瞄肥妹，似笑非笑。

「喂！笑咩？」我問。

「關你咩事？」雞仔一邊說，一邊把話梅核吐出來。「呸！酸過乜。」

「食枇杷啦。」靚仔德其實並不特別靚仔，只是皮膚白，老是一副淡定的樣子，「熟啦。」

我抬頭看看，果然，枇杷熟了，一雙雙掛在樹梢，又長，又大，又圓；風吹過，便危危地顫動，像隨時要掉下來，又恰到好處地在枝葉上搖盪，盪得人眼花撩亂。我揉揉眼，咽下口水。

「你看你，」靚仔德搭著我的肩，搓了一下，「上吧，摘枇杷。」

雞仔身手最靈活，三扒兩撥就爬上去了，可是上去後他不摘果子，只坐在樹椏上。我們知道他想看過路人，尤其是那些女的。夏天衣衫單薄，高處可看見許多奇異的風景。靚仔德不理他，找來一枝長竹枝。

「你來，你高些。」他把竹枝遞給我，我站在花圃邊，舉手上去，試著把最低的那雙枇杷撩下來。我拚命把腳踮起，再踮起，幾乎掉到樹根上了，可就是差那麼一點點。枇杷在我眼前晃動，像香甜的水滴。

「來。」靚仔德走上來，抱著我的雙腿，想把我舉高些。靚仔德不算強壯，我感到他的力量根本不足以把我抱高多少，倒像在搔癢。我想笑。可是，枇杷。我想把那對枇杷摘下來。

「雞仔！」我吃力地大叫，「幫手呀！」

然後我和靚仔德就從花圃邊掉在地上了。我跌在靚仔德身上，倒沒什麼；靚仔德的手肘卻擦損了。

「沒事。」靚仔德往傷口吹氣，一臉若無其事。可是我看到他額頭冒出一層薄薄的汗。

「嘩，流蚊飯啦。」雞仔這時才跳下來。靚仔德手肘的傷口緩緩滲出血來。跌傷事小，返家被阿媽籐條炆豬肉事大。大家心裡都在盤算著該怎麼替靚仔德掩飾過去。

「咦，你們怎麼啦？」

我們轉過身去，是潘太太。

「怎麼啦？」潘太太穿著橙色的紗衣，手裡挽著餸菜，「哎，你流血了？」

我們不敢作聲。在大人面前我們都不作聲。

潘太太把手裡的雜物放在花圃邊，從口袋裡掏出手帕，走到靚仔德旁邊，輕輕地把血印走。靚仔德「嘶嘶」叫著，手臂縮起來。

「忍一忍吧。」潘太太輕輕地把靚仔德的手臂拉近自己，「先把血印掉。」靚仔德咬牙忍著。血印乾淨了，潘太太讓他用手帕按著傷口止血。

「你們在幹什麼？」她問。

「摘，摘枇杷。」雞仔囁嚅。幸好，我們站在樹後，沒有人留意到。

「啊。」潘太太微笑著，拾起竹枝，在花圃邊踮起腳。我們見她雙手拿著竹枝舉高；我們見到那雙枇杷在抖動……

「噗」一聲，枇杷掉下來了，潘太太連忙接著。

「哪！」她把果子捧過來，笑著，「吃吧。」

在我猶豫的時候，靚仔德伸手接過了。

「謝謝。」

「下次小心些。」潘太太丟低竹枝，拍拍手，拿起餸菜，轉身走了。我們一直站在原地，看著她的背影拐彎，才如夢初醒地醒過來。

「吃吧。」

我們在石桌上，小心翼翼地，剝開枇杷橙色的薄皮。枇杷汁流滿我的指縫，又稠，又黏，令人刺痛。剝好皮了，豐腴圓潤的果實變成布滿一個個手指洞，果汁混雜果肉往外流。我們沉默地看著；然後靚仔德先坐下來，拿起果子吃了。

「很甜。」他說。於是我和雞仔也拿起來吃了。果然甜。

「血止住了。」雞仔看看靚仔德的傷口。

「嗯。」靚仔德拿開手帕，塞進褲袋裡；想一想，又放在桌上的果皮堆中。

「別讓我媽知道。」

「都止血了，不妨事的。」雞仔用手背抹嘴。

「我是說，潘太太。」靚仔德朝花圃裡揈[3]手，把汁揈開。

3 揈：甩。

我們都明白靚仔德的意思。我把果皮、果核，連同潘太太的手帕揑在手中，要丟進垃圾桶裡——就在那一刻，我把那又髒又溼的手帕藏在褲袋裡，不知為什麼。

這個半夜窗外又傳來那種奇怪的聲音了。我想睡，明天中文背默。「宋人有耕者，田中有株，兔走……」然後呢？然後呢？然後呢？

我無法想起。我把被蒙過頭，捂著耳朵，強迫自己入睡；可是那聲音還是清晰。上格床的床板震了一下，是姊姊在上面轉身。

「觸株折頸而死……」

手帕還在波褲褲袋裡，褲就在床尾。應該已乾透了吧？髒死了，我早該扔掉它。現在我不能起來；起來，姊姊就知道我還沒睡，知道我聽得見。明早起床時記得先掏出來，不然母親洗衣時會發現。

「啊……啊……」

「觸株折頸而死……」

我早該扔掉它的。捂著耳的雙手痠軟極了，不得不放下來。我等了一會，才發現已經一片寧靜。我把頭伸出被窩，悄悄呼一口氣。

「……」

終於我睡著了。

一向嬉皮笑臉的雞仔今天也愁眉苦臉起來。我和他住同一層，大家去到「觸朱折頸而死」這句，就無法背下去了。

「今次死定了，我已經連續兩次不合格了。」雞仔把下巴抵在石桌上，背向士多，肥妹站在士多門口吹風，他也沒興趣。

我沒作聲。我自身難保。

「別怨這怨那了，」靚仔德瞄他一眼。「誰叫你上堂老睡覺。」

「你不住我們那座，你哪裡知道？」雞仔提高了聲，「夜裡根本沒法睡！」

「我就不信比我那邊的山狗吠得還厲害。」靚仔德一貫的淡定，「不如話你自己鹹溼啦。」

「難道我們一整層樓的人都鹹溼？」雞仔嚷起來，指著我，「你問問他！」

「好啦好啦。」我真想捂著雞仔的大嘴，「別那麼大聲好不好？」

「是不是那天人家給你擦傷口，你就護著她？」雞仔完全不理會我，「你才鹹溼！」

我不禁按著褲袋——那條手帕還在褲袋。

「你那天吃人家摘的枇杷吃得多高興，」靚仔德皺起眉頭，「那時不見你怪她？」

雞仔「哼」了一聲。

「潘太太是個好人。」靚仔德拾起石桌面的枇杷葉，把弄著。「你知我知。」

雞仔不作聲。那次，高年級的肥周在我們臉前吃雪條。肥周嘴裡的零食向來是要多少有多少，又愛顯擺。我們轉到哪裡，他就跟到哪裡——學校裡沒人跟他玩。

「你好煩呀！」雞仔忍不住說。可是肥周卻像聽不見，照樣站在那裡。

「妖！」雞仔脫下人字拖，一下子擲過去，真箇把肥周手裡的雪條擲到地上了。七彩的雪條在滾燙的石屎地上很快就化成一灘水了。雞仔的拖鞋在汙水裡躺著，像一隻擱淺的小舟。肥周「啊」了一聲，抬起腳衝過來。

「走啦，雞仔！」靚仔德拉著雞仔的手臂往街市人多地方跑。我忙忙的跟上去，比他們跑得還快。回頭看，肥周在後面追上來，只是他胖，跑得慢。雞仔朝肥周咆哮，卻被靚仔德拉著；他只穿著一隻拖鞋，快絆倒了。

「你們幹嘛？」忽然有人站在我們和肥周中間。肥周整個撞上去了，向後踉蹌了幾步。

「幹嘛打架？」潘太太連忙拉著肥周的手。我們見有大人，便停下腳步；肥周見是潘太太，連忙甩開她的手。

「你們怎麼啦？」潘太太穿著淺綠色衣裳；短袖口有荷葉般的花邊，裡頭伸出一雙雪白的藕。

我呆了一下——肥周忽然朝潘太太「呸」了一聲。

「我阿媽話你汙糟邋遢呀！」

口水如飛劍，剛好落在潘太太的腳邊。肥周拿手背擦一擦嘴巴，狠狠地瞪了雞仔一下，便走了。

我看見潘太太的臉色驀地青了。但她很快便回復過來。

「你們沒事吧？」她微笑著。「嚇著了？」

我們不作聲。潘太太看看雞仔的腳，往後看，看見另一隻拖鞋，便過去拾起，抖一抖上面的水。

「下次別生事了。」潘太太把鞋還給雞仔。

「謝謝。」靚仔德說。

潘太太伸手過去，摸一摸靚仔德的頭。靚仔德也不避開，由得她摸。

潘太太默默地微笑著，轉身走了。

「其實，」我禁不住問，「大家都不喜歡潘太太。」

「我媽最討厭她。」雞仔忍不住搭腔，「其實她……也沒怎麼。」

「反正比我樓下的劉師奶好。」我想了想，老實說，「她天天上來說是非，也不管人要不要聽。我媽覺得劉師奶煩死了，又不好意思不應酬幾句。」

「現在一整條村的師奶都不跟她說話。」靚仔德說，「我媽說她不正經。我看，她比肥妹還正經些。肥妹老不穿底裙，我不想看呀，為什麼逼我看。」

「不想看就擰轉臉啦！」雞仔指著靚仔德大笑，「誰逼你看啊？」

「就是會看見嘛！」靚仔德一臉苦惱。

我想問：什麼是不正經？但我沒開口。我想偶爾在晚上聽到叫聲與喘氣聲；那令我覺得自己也是個不正經的人。我不該聽到這種聲音的。不。即使聽到，也該若無其事，也該安然入睡，我甚至不應該捂著耳朵。

「肥妹一到夏天還有一陣狐臭味！」雞仔哈哈大笑起來，似乎已忘記了默書的事。

這個晚上是安靜的。我在被窩裡倒又睡不著了。我想起潘太太，想起其他太太在背後說的話。她們都帶著一臉的不屑，藐嘴藐舌。我媽很少插嘴，若劉師奶她們拉著她，她也便敷衍幾句。

「她們說什麼？」我問過媽。

「小孩子別多事。」我媽看也不看我。

漸漸地我開始明白了一些。

有一次，我走進房間，看見姊姊坐在床邊，拿剃刀往自己的小腿上剃。

「你剃鬚？」我嚇了一跳。但鬚怎會長在腿上？

「進來也不叩門！」姊姊跳起來，「嘭」一聲把門關上。叩什麼門呀，她根本沒關門。姊姊大我六年，已經十六歲了。又有一次，她從廁所出來，我尿急進去，竟見到馬桶裡一灘血——誰受了重傷？我嚇了一跳，隨即便明白——我明白，這些事情要裝作看不見。凡是媽不讓我知道的，我最好裝作看不見。

靚仔德說得到，潘太太是個好人。我側起耳朵，確定全屋人都熟睡了，便悄悄爬起來，悄悄地走進廁所，鎖好門，把水龍頭扭成最細小的水流，搓洗那條手帕。夜裡的水清涼地流過我的手，像要洗走指縫間的祕密。我匆匆把手帕上早已乾掉的枇杷汁搓掉，擰乾，又躡手躡腳地回到床上。我一邊拿著手帕向床尾的風扇吹，一邊留心上格床的動靜。幸好，姊姊一向睡得很熟。

不知道坐了多久，手帕大概乾了。該怎樣還給潘太太呢？我忽然把手帕湊近鼻子；我彷彿聞到一陣氣味。是香，是淺橙色，淺綠色，是一彎蓮藕，可以摸一把的，光滑、冰涼，像一灘模糊的水……

「唔……」

我驚醒過來連忙按著溼濡的褲檔。別作聲！這時候不能發出任何聲音。我把眼睛瞪得老大。沒有人在偷窺。

「不要啦……」

聲音，聲音從上面傳來。我聽到自己的心跳，然後腦裡出現一個信息：姊姊，姊姊在發開口夢。

我吸氣呼氣，勉力讓自己鎮定下來。手帕呢？我的另一隻手在床上摸索，終於在枕頭邊找到。幸好，沒弄髒。

「我阿媽話你汙糟邋遢呀！」

肥周忽然在眼前出現。他在說我嗎？

雞仔果然不合格，被罰留堂。這個下午只得我和靚仔德。

「雞仔慘啦。」靚仔德踢著石仔。我們都知道，雞仔的媽媽是有名的凶。每次雞仔默書不合格，翌日小腿上就是籐條痕。

我嘆了口氣。我也只是比合格多幾分，回去也是要挨罵的。

「別唉聲嘆氣了。」靚仔德拉著我的底衫背心，彈了一下，「摘枇杷去吧，快熟透了，不吃都爛掉了。」

我們走到枇杷樹底。果然，枇杷果比兩天前垂得更低了，顏色也變深了。

「來，」靚仔德指著頭頂的一串枇杷，「把竹枝拿來，我抱你上去。」

我在權木叢中找來最長的竹枝，踩上花圃邊上，踮起腳。靚仔德蹲下來，從後面抱著我的大腿。

「抱緊些，別再掉下來。」我連忙囑咐。竹枝在枝葉間亂撥，我只感到靚仔德的腳步搖來搖去。

「行了嗎？」靚仔德在下面大喊，「快點！」

「快行了。」我瞇起眼睛，往枇杷果的蒂上用力一戳——我的胯下——

「呀呀！！」我、靚仔德和枇杷一起掉到地上。我感到胯下劇痛，彷彿被竹枝戳中了般。枇杷就在我的腳邊跌爛了，爛成一堆橙色的漿，露出深色的果核。

這時我才發現自己正坐在靚仔德的胸口。我勉強翻過身來，看著他。他避開我的眼睛，然後發現了那條躺在枇杷汁裡的手帕，從我的褲袋裡掉出來的。其中一角浸在枇杷汁裡；淺黃色緩緩地在白色上化開。

我感到自己臉上火燒般熱，因為憤怒，因為屈辱，因為羞愧。我站起來，拾起手帕，丟到枇杷樹下的花圃裡。我正眼也不看靚仔德一眼。那一刻，我知道我們不再是朋友。我強迫自己挺起胸膛離開。我強迫自己理正氣壯來掩飾傷感。為甚呢？為什麼靚仔德這樣做？我們不是兄弟嗎？我們不是朋友嗎？為什麼？為什麼我把手帕丟了？我不是打算還給潘太太嗎？我相信她是好人，不是嗎？

前面一陣起哄中斷了我的思緒。街市的人有些往前頭走，有些交頭接耳起來。文具店、中藥店與茶餐廳裡的人都走到門口站著，往同一個方向看。我心裡亂成一團，只好假裝若無其事向前走。

忽然有人拉著我的手。是劉師奶。

「細路，咪[4]過去！」劉師奶神情慌張，「好像說那邊有人跳樓！」

跳樓？

「有人跳樓呀！」一個阿叔喘著氣走過來，「就喺街市對面！你地咪過去呀！」

整個街市像炸開的熱鍋，登時鬧哄哄起來，大家顯得很亢奮，只得阿叔一個人臉

4 咪：別。

都青了。

「什麼人？」有人問，「男的還是女的？」

「聽說是女的，」另一個人說，「喂，是女人嗎？」

「我怎知道？」阿叔聲音很大，「穿粉紅的！」

我回頭，靚仔德就在我數步之後。我知道，我和他都想到了同一個人。我和他同時往前跑。

「喂，你地去邊？[5]」劉師奶在後面喊。我們把她拋在後面，把那些言論紛紛的人拋在後面。跑到街市入口，一幅人牆把我們擋著了。我和靚仔德想鑽進去，卻又被人從後面拉著。是穿著綠色制服的差人。

「細路！咪係度搞搞震[6]，返去返去！」

然後就是警車的響號，救護車的響號，嗡嗡嗡嗡的說話聲……我記得的只有這些，還有混雜的人的氣味，混和了街市的魚腥味、菜腥味，還有在人牆中瞥見的，遠遠的一灘血……

5 你地去邊：你們去哪。

6 咪係度搞搞震：別在這添亂。

更多的人擠上來，把我和靚仔德擠到後面去了。這時，靚仔德的媽媽來了，拉著他回去。靚仔德回頭看我一眼，忽然甩開母親的手，拉著我往街市走去。

「喂，你去邊呀？」靚仔德的母親在後面喊著。我們像懂得飛一樣地跑，跑到枇杷樹下；靚仔德把樹下的手帕拾起，默不作聲地塞在我手上，又獨自飛跑了，消失在我眼前。

我們還是朋友嗎？我不知道。

從那時候開始，屋村的晚上安靜了。連日頭也安靜了。劉師奶沒再上來串門；電梯大堂的八卦團消失了。雞仔默書還是不合格的多。過了一段時間，我與靚仔德重新打招呼，但不再一起放學遊玩了。學校的功課愈來愈多，母親不再讓我丟下書包就往外跑。姊姊準備會考，常到自修室去。她若在家，母親便關電視，不擾著她溫習。家裡靜了許多。

半年後，母親讓我到街市買點物事。我忽然想起那棵枇杷樹，便過去看看。枇杷果子已經落盡；葉子也變黃了。夏天已經過去；那個夏天的一切也都已經過去。幾天後，我放學時，繞到枇杷樹下，把潘太太的手帕埋在樹根底下。

潘太太。到現在，我還是記得潘太太一雙明亮的眼睛與雪白的臂膀。她對孩子也輕聲細語。

farewell & together

無需要太多

醒來時，球叔見到露台外滿滿的陽光，心情便不由自主地好起來了。去年在垃圾站檢來的朱頂蘭，今天終於盛放了，粗壯的花莖從泥土裡向上伸展，橙紅色的、碗大的花朵探進晨光，搖搖地迎風站立。花盆旁邊是一雙洗乾淨的球鞋，鞋跟有點磨蝕了，一雙鞋便往左右兩邊稍稍傾銷，像一個小男孩，拚命要踮起腳尖，看看前面有什麼似的。前一天晒的衣服都乾了，灰藍色的汗衫晾在衣架上，肩膀的部分撐起，衫尾的部分不時往上飄，那是鞦韆架上的另一個頑童，不住地想往上攀：高一點，再高一點……

球叔坐起身來，往床頭摸起眼鏡戴上。今天的天氣是這樣的好，趕緊把衣服洗了，然後到街上走走去！於是球叔起床梳洗。他仔細地洗了頭，洗了澡，洗了臉，擦了牙；又把頭梳好，把浴室和馬桶擦乾。之後，他把剛才換下來的睡衣，連同昨日穿過的衣服，一股腦兒丟進膠盤中，放水浸了。衣服得浸一會兒，這樣才洗得乾淨。球叔趁這段時間在廚房弄早餐。麵包在冰箱的第二層。雞蛋在冰箱門的膠架上。芝士在麵包旁邊的膠盒裡。番茄在最低層的抽屜裡。球叔把材料拿出來，造了三文治，盛在碟上，又給自己沖了杯咖啡。電視播的都是吵吵鬧鬧的新聞，球叔看著不解，便關上，專心吃早餐。以前當送外賣時，球叔習慣吃一份豐富的早餐，好應付一天的勞碌，也省點午飯錢。如今這個習慣也沒有改。

吃過三文治，洗過衣服，晾好，也把乾了的衣服收起摺好，澆了花；換過乾淨衫褲，便出門了。上班上學的時間已過，樓下公園都是些公公婆婆，有的在聊天，有的在賭錢，也有的只是坐在那裡發呆。球叔順步走著，忽然有人在身後拉著他的手臂：

「阿叔，百五蚊，你鍾意點都得！」

球叔回頭一望，是一個中年女子，穿吊帶裙，一張臉沒化妝，卻只塗了大紅的唇膏，顯得兩頰的豆皮更是密麻麻。球叔搖搖頭，推開她的手，她也就識趣走開了，轉而向球叔身後的另一個中年男人兜搭。那個男人停下腳步，彷彿和女人討價還價起來。球叔又搖搖頭。這滿臉的豆皮！多齷齪啊！

不知不覺走到巴士站。剛巧往油麻地的巴士來了，球叔便上了車。

彌敦道是另外一個世界：繁忙、悶熱、混濁。迎面而來的路人不住碰上球叔的肩膀。有些人會回頭看他一眼。當中有一個，高高大大的，身上穿的也是灰藍色的汗衣，看上去比自己年輕，大約四十多歲，腋下夾著報紙。公廁就在拐彎的不遠處；球叔看著他的背影，想看看他要到什麼地方。結果這個人走進一家茶樓裡去了。球叔有點失望，只好繼續往前走。時候尚早，信和中心裡營業的店鋪不多，不過那家二手唱片店倒是開門了。球叔走進去，發現張國榮和梅艷芳又出了新的精選唱片。球叔把梅艷芳的那張翻到背面看——還是沒有〈似是故人來〉。球叔嘆口氣，把唱片放下。

剛踏出信和中心，電話便響起來了。是姊姊。

「在幹什麼？」姊姊問。這是她慣常的開場白。「吃過飯沒有？」

球叔看看表，原來已是中午十二點。

「沒什麼啦，周圍逛逛。」球叔答。

「有什麼好逛？天氣這麼熱。」姊姊慣常地批評，「今個星期日上來食飯啦，我煲湯。」

姊姊每個星期都叫他上她家吃飯。姊姊是球叔最親密的女人。

「哦。」球叔答。他習慣聽姊姊的話。

中午過後，街上愈來愈多人，氣溫也愈來愈高了，球叔覺得身上開始有點汗味，便連忙走進新式商場吹空調。走在前面的是幾個說普通話的旅客，有男有女，還有一個小女孩。他們忽然在一家珠寶店的櫥窗前停下，對住那些鑽飾指指點點。小女孩大概有點無聊，便在大人身旁自個兒唱起歌來，揪起裙擺旋轉，一不小心便撞在球叔的腿上。她抬起頭，看了球叔一眼，也不道歉，只退後兩步，然後繼續自己的表演。球叔皺起眉頭：這世上，除了兩個外甥，所有小孩子都是煩人的。

早餐吃得飽，午餐只吃個麵包就夠了。球叔涼夠了空調，便走到新填地街的那家麵包店買了個紅豆包。商場裡的麵包店太貴了。球叔慢慢走，免得又出一身汗。他不喜歡自己身上有汗味，怕招人厭。

街逛過了，麵包吃過了，心裡踏實些了，球叔在慣常的長椅上坐下來。長椅的對面的是公廁。坐下不久，他便看見一個白淨的年輕男人走進公廁去；然而男人很快便出來了。倒是一個光頭的，進去後久久還沒出來。不住有人進進出出，等了一會，球叔覺得差不多了，嗅嗅自己，汗味也不大，便起來走進公廁去。尿兜那邊沒人；果然，第二個廁格門後有半個光頭露了出來；球叔覺得好笑，連忙掩著嘴巴。第三個廁格的門也是虛掩的。球叔瞄進去，竟見到一件灰藍色的汗衫——球叔覺得自己的運氣真是太好了。

他連忙走上去，指著自己張開的嘴巴。

那天傍晚，球叔回到自己的家，疲倦但滿足地倚在沙發上。他知道自己年紀大了，這樣的好事不會常常發生。球叔心裡禱告：希望過幾次再遇見！不要下一次，不要太快，太快再來就不好玩了——遊戲規則是如此的。

球叔任由自己再陶醉了一會；朱頂蘭在夕陽中彷彿有點疲態，卻又更嬌艷些。然後，整個的太陽終於下沉了；夜幕在電視節目的背景音樂中，無人為意又完完整整地降落人間。在沒有開燈的客廳裡，球叔捧著湯碗，痛快地把蝦子麵啜進嘴裡。吃到一半，他忽然想起一件事，便放下湯碗，走到電視櫃前，借著外面的光線，瞇起眼，有點吃力地讀光碟盒脊的蠅頭小字；終於找到了！是張國榮精選唱片。

光碟放進播放機裡，藍色的跳字燈便亮起來了；像一點藍色的、煤氣的小火焰，遠遠的、冷冷的，沒有熱，只有光。光碟機「沙沙」地響，終於轉到某一處，響起熟悉的前奏；那是球叔最喜歡的一首，〈無需要太多〉。

farewell
&
together

大熱

我任自己隨著暗湧飄流；「汩汩」的流水通過腦袋與毛孔，洗走身體的燥熱與塵垢。放棄呼吸其實一點也不難受。

往下沉，一切都暗下來。

或者，應該說，本來就沒放晴過。這裡是深海，陽光觸不及的地方。

只要你放鬆身體，海水便會承托你，水說。海會把你帶到舒適的地方，那裡沒有聲音、沒有光，便無所謂暗黑，水說。我感覺到自己的腳、臀、腰、背脊、手、肩膊、頸……它們不由自主地往下墜，把我的腦袋往下拉。我閉上眼睛，決定停止掙扎。那是我最美好的時刻。我很累，我比自己想像中更累。這樣的結局是最好的，這是我意識中最後一句話。

「然而，海底並非如一般人所想像的死寂；二十世紀的科學家，在北冰洋海域中，發現了被稱為海底黑煙囪的熱噴泉。它們位於幾千米深的海底，完全照不到陽光；攝氏四百度的海水不斷從黑煙囪噴射而出。這些黑煙囪周圍廣泛存在非常原始的古細菌；科學家發現，這些來自地熱的能量，支持了蠕蟲、瓣鰓類、螃蟹等生物。科學家因此提出結論：地球至少有兩種食物鏈機制，一種是我們熟悉的、在常溫有光的環境下產生的光合作用；另一類是靠地球內源能量的支持，在高溫和黑暗的環境下，靠化學作用維持……科學家因此提出原始生命起源於『海底黑煙囪』周圍的理論，認為地球早期的生命可能就是嗜熱微生物……」

我緩緩張開眼睛，看見屏幕上的深海，豎起一支支菸蒂似的煙囪。旁白的聲音十年如一日的老成持重、毫無起伏，像現實生活。我重新吸入世界的空氣，發現自己處身於參觀的遊客中。

不上學的日子，我就來科學館看電影。

穿校服的小學生對恐龍骨頭顯得十分好奇，他們的家長在後面專心玩手機。我站起來，轉身離去。

這個星期一直在下雨。在陰霾中我看看手表：早上十一時四十六分。今天星期三，下午要上中文課。先帝創業未半而中途崩殂。蒼顏白髮，頹然乎其間。庭下如積水空明，水中藻荇交橫。一些與我無關的情感。唯一令我猶豫的是教中文的張老師；中二那年，張老師曾請我吃飯。那天父親忘記給我零用，張老師見我獨自坐在操場，忽然把剛買回來的飯盒遞給我，說今天胃痛，吃不下。

張老師大概已忘記這件事了。今天早上她打電話來，聲音透著不耐煩。我聽兩句就掛線。然而我不討厭張老師。她已經盡了力。活在這世上，各人有各人的煩惱。

我站在科學館門外，看著下雨的天空。

如果要回校的話，我希望至少能換上一雙乾爽的襪。我記得尖東橫街有一間雜貨店，那裡可能有襪子賣。對於尖沙咀的記憶我出奇地清楚；我記得海傍對岸的燈光與門面細小的洋服店；印度裁縫站在門口，向洋人介紹櫥窗裡的西裝。我記得賣雪茄菸斗的地方。

後來我在網上見到八十年代的尖沙咀照片；那是我出生以前的風景，不知何故成為記憶的一部分。也許那是我前世的經歷，前世中有我母親和以前的父親。那時的父親告訴我，雪茄來自古巴，古巴在地球上的另一端；他指著地圖，手指由海上的一個小島移至海上的另一個大些的島，看，這裡就是古巴，是個拉丁美洲國家，除了雪茄，也有很多很好的音樂。後來我才知道父親對音樂其實一竅不通；他不過是見到雪茄店櫥窗貼上一張以古巴音樂為題材的電影海報，隨口亂說。

我想，是因為母親的笑容，我才相信父親的話。母親看著父親的時候，總是在微笑；她看著我的時候也是如此。她好像從來沒有別的表情。

然而我卻背叛了這樣的母親。

某一個下午，所有人，包括父親，都在客廳裡，嘰嘰喳喳地不知說些什麼。我坐在房間的床上，不知是哪個阿姨陪我讀圖書。我記得那是一本英文書，hand, head, ear, eye, nose; grandfather, grandmother, father⋯⋯看到「mother」我沒有作聲，直接翻到下一頁。我被自己的舉動嚇了一跳，然後忽然被人摟在懷裡；我感受到阿姨胸部的脂肪，聽到她的心跳；她的氣味跟我的母親不一樣——她不是我的母親。從那一刻起我知道母親確實已經死了。我憎恨自己這麼快便接受事實。我想，父親一定對我很失望；在他心目中我是逆骨難改。

我買了一雙新的襪子，跳上了巴士。上層沒什麼人；玻璃窗把水氣隔開，我終於重新回到世界，呼吸人間混濁發臭的空氣。前幾排的中年男士正在呼呼大睡；必須出於對人間的信任，才能熟睡到這個地步吧。

我換上新襪。拿起溼的舊襪，才想起我把書包留在家裡。

書包放在廚房門口，廚房裡的父親令我想起海馬：肚子突出，捲曲的尾巴勾在淘寶買來的層架上，身體隨著海水——不，隨著空氣輕輕飄動。父親比我早起，也比我晚睡，致使我清醒時總無法逃避他的存在。父親最近的嗜好是躲在廚房弄東弄西。待我研究好了，每天做給你吃，他說。他在廚房做的是點心：拌粉、打蛋、預熱焗爐，放油之前要小心量度分量……父親在細小的廚房裡純熟地移動，又總離不開腳下有限的範圍。他對自己的小糕點很有信心，正在研發不同口味，看能不能成為一盤小生意。在這之前，父親的計劃是做網上時裝店，整天坐在電腦前研究各種衣物的款式、質料、批發價、零售價。父親不出門能知天下事，說什麼都頭頭是道。現在，網路就是父親的整個世界。搬進現在的公屋單位後，父親把他的大學畢業證書掛在客廳的牆上。那是少數由舊居搬過來的東西。

然而我還記得以前的家，那兒有蘋果綠色的牆，前面一座深咖啡色的琴。母親會彈簡單的歌曲；間中她會坐在鋼琴前，斷斷續續地彈藍色多瑙河。她能彈的歌大概不多，因此我記得更清楚。鋼琴在我和父親搬家時，被遺留在舊居中；關門前，我回頭，那空蕩蕩的房間，那座琴與綠色的牆，便永遠留在我的視線中。

巴士停停走走。男人發出均勻的鼻鼾，像隨海浪搖擺的海藻。我把溼透的襪塞進校裙的口袋中，閉上眼睛。

從課室的窗往外看，可以看到操場一角的小水池。水池上方是聖母石像，石雕的頭巾包著她低下來的頭，露出尖尖的臉。現在，聖母在大雨中垂下眼簾，接受命運的洗禮。

我見過有聖母像的教堂。也見過沒有聖母像，只得一個十字架的教會。母親死後，父親曾經帶我返教會。崇拜結束後，眾人圍著我們，排隊似的跟父親握手，摸我的頭，讚我安靜；父親又等了一會，等到人潮散去，才帶著我走到牧師身旁。我知道你的妻子過身了你很傷心，但是你對基督的愛，要勝過對妻子的愛。我站在父親的旁邊，聽見牧師這樣說。父親也曾跟一個叫「師傅」的男人來往頻繁；天天煮各樣的素菜，什麼椒鹽豆腐、冬瓜盅、炸猴頭菇充咕嚕肉。父親還帶著我跟這人到佛堂，叩頭上香，不知怎的又沒有下文。事實是，聖母、基督或佛祖對我來說都太遙遠了。在這世上我只得父親。

雨點綿密地打在聖母像的身上。應該是有聲的，但窗關上，聽不見。

「李瑜嘉！」

「李瑜嘉！」

前排的同學都回頭看我，看來張老師已叫過好幾遍了。我回過神來，重新把注意力集中在書本上。老師沒再說什麼，她只是清一清喉嚨，調整一下臉色，便又開始授課；這一節是今天最後一課；下午三點，我幾次看見張老師忍著不打呵欠，忍出一泡眼淚。今天，她穿著闊領的上衣，偶爾露出殘舊的胸圍帶。這個年頭老師也不好過。父親說，學校的老師只是打工，談不上關心學生。父親又說，我遺傳了他的聰明，成績差是因為程度太淺讓我無心上課，缺課是因為填鴨式教育制度不適合我。香港的老師墨守成規。香港的大學研究重量不重質。父親說，庸才太多了，不需要和他們一起。

父親這樣說的時候，手裡拿著電視搖控器不斷轉台；他的手勢像槍手拿著槍，一發一發的子彈向著電視螢幕發射。香港的電視劇就是爛。他說。男主角的髮型太礙眼了，男人電什麼髮？他說。

處境[1]劇主角的家總是占地千呎，豪華裝飾。這種處境不是我的處境。我家才三百呎，鐵閘掛上一塊花布，大門漆上鮮豔的綠色。世上都是平凡的好人，我不恨他們，正如我不喜歡他們一樣。

溼透的襪子在口袋裡愈來愈沉重，像一顆冰冷的腫瘤。

「李瑜嘉。」

社工打開文件夾，按上面的文字，照讀一次我的名字。

我沒有作聲。

「你家裡已經在領綜援[2]了，經濟應沒有大問題。」社工的眼球隨著文字上下轉動。

我沒有作聲。她終於望向我。

1 處境：單元。
2 綜援：綜合社會保障援助。

「你還沒到十五歲。按照法例是必須接受教育的。如果你再無故缺課，你的父親可能會被檢控。」

我仍然不作聲。

「你只有他一個親人，你也不想他惹官非吧，是嗎？」

這樣說的時候，她微笑著，顯示她的好意。

「為什麼不上學呢？」

我只想知道母親的名字，葬在哪裡。學校裡沒有人能告訴我答案。

「課程我會追上去的。」我回答，「這個學期我不會再缺課。」

社工看著我一眼，露出一個無奈的笑容。

「那就好。」她合上文件夾，「有需要的話，你可以再來找我。我逢星期四下午都在這裡。」

我站起來，轉身離開。她忽然在身後叫著我。

「外面下雨。」她打開抽屜，拿出一把摺傘，「你帶傘了嗎？」

離開時，我又在走廊上見到那位男同學；他看著我從社工的辦公室裡走出來，臉上沒什麼表情。昨天早上，我見到他在屋邨的商場裡遊蕩。商場的後樓梯通往天台，不知怎的沒有上鎖；我推開閘門，看見他坐在天台的邊緣上，背向著我。

天台很大，我在離開他兩三米的地方坐下；腳在半空中晃動的感覺，跟巴士上的鼻鼾聲非常相近：悠閒的、搖擺的，在冬日的陽光中，像一首古巴音樂。城市在高空看下來變得很細小；街上的人和車如同螞蟻排隊，有秩序又無目的地往前走。我好像看見他們的頭上頂著煩惱與夢想，如同海底的煙囪。

為什麼不上學呢？

為什麼不上學呢？人們不會問：為什麼要上學呢？不上學不需要理由，上學才要。就像生存一樣，死不需要理由，生存才要。

我不是沒有想過跳下去。死對我來說，比生存輕易太多了；人們總說「愛惜生命」，為了家人、朋友……為了其他人。然而我的世界沒有其他人。沒什麼事情或人物與我相關。

活著與否本身並無對錯。

你有沒有想過這樣很自私呢？想想你的家人、你的同學、你的朋友……

我沒有家人，也沒有同學，沒有朋友。況且，難道我應該為別人而活嗎？

想想你的父親。

我的父親。我想，是我對我父親的憎恨，讓我活下來。我希望自己夠長命，能活在一個沒有他的世界；到那時，空氣應該清新鮮美，陽光透明金亮，我所看見的事物將更加清晰。

我晃著腳，風吹進校服裙，有點冷。這是我唯一的感覺。

過了一會，男生從天台的邊緣站起來。我看著他。他張開雙臂，閉上眼睛；風把身上的校服吹得貼服，包裹他瘦削的身軀。

我連他的名字也不知道。如果他跳下去，我應該阻止嗎？這個問題在我看著他的兩分鐘內占據了我的大腦。我沒有答案。或者，我至少可以問一問他的名字。

「嗯，」我走上前，「你叫什麼名字？」

他明顯認得我，沒有回答，也沒有離開。

「我叫李瑜嘉。」我又說，「如果我們其中一個先走，那至少另一個知道能知道對方的名字。」
男生仍然看著我。
「你考慮一下。」我轉身離去；我本來就沒有強迫別人的習慣。況且，我已經用盡了今日說話的限額。
「喂。」他叫住我，「我叫……」
明天吧，明天再告訴我，我想。如果我們明天還在。
踏出校門的同時，雨水倒在我的頭上。我趕緊張開借來的傘子。我比較喜歡這個社工。上次見的是個中年男人，看上去跟化學科老師沒分別，恤衫西褲，架著眼鏡，老擺出一副親切的模樣，口卻臭得很。半年後他被調到別的學校去，我才鬆了一口氣，然後發現自己連他姓什麼都記不住。今次這個有點胖，驟眼看很年輕，多談兩句才發現臉上有幾條細紋。化一點妝。學校的女職員，包括張老師，總是素著一張臉，顯得又老又累。她們以為醜樣就是勤奮努力，樸素用功。父親常常說，女人不化妝最好看。父親又說，女人太胖顯得蠢。我猜想母親就是個不化妝的瘦弱的女人。一個平凡的女人。

我已忘記母親的臉。

母親死後，父親很快便搬離舊居；他帶走的是我、貓、兩對拖鞋、兩枝牙擦，和他的大學畢業證書。我們坐了很久很久的巴士，在某所房子落腳。那兒的窗外是種得亂七八糟的蕉樹，不遠的路口泊著幾架殘舊的汽車。貓搬過去不久後也死了。

想起貓，我有點內疚；我很早就發現牠失去食欲。

「爸，貓好像不肯吃。」我說。

「是嗎？」父親翻過身來，瞄了地下的貓一眼。

「天氣熱，胃口差些。一會兒我到超市給牠買好吃的罐頭。」

父親又翻過身去，背著我。我不知道他有沒有睡著。在不同的人的家裡，父親都是躺著過日子。離開舊家之後，父親努力地若無其事，把許許多多的親戚和許許多多的朋友叫來吃飯，讓自己在廚房與客廳之間忙進忙出，然後跟他們逐一吵架收場。父親無法忍耐他們洶湧的善意與無力的安慰。等到人們不再上門，父親終於發現貓已經薄如紙片。獸醫說：腎衰歇末期。太遲了。

是我首先哭起來的。然後父親就哭了。起初他嘗試忍住，但很快就嚎啕大哭起來。

母親死時我沒見他哭過。

獸醫大概見慣這類場面，遞上紙巾，緩緩地說：「牠已經盡力了。」

幾年後，我們上了公屋。某個下午我漫無目的地坐巴士，路經同一條街；診所的位置已變成一間地產代理店。

我抬起頭，雨傘遮擋了視線，看不見天空。傘是粉紅色的，上面沒卡通或其他圖案；遮面平順沒有摺紋。我忽然有點感動。至少在這把傘下我是安全的；這把傘被溫柔地對待，我無端感到欣慰。

客廳的光源來自無聲的電視與父親腳旁的紅外線照燈。電視開了，父親在沙發上睡著了，恰如每日放學的光景。父親說，腰骨痛。父親又說，小腿使不了力。父親說，左邊的肩很沉，抬不起來，應該是五十肩了。父親的紅外線燈是他唯一的光源；此刻，紅光從父親的腳邊照上他龐大的身軀，像神檯上的神像。他張開嘴巴沉睡的樣子，像個長了鬍子的嬰兒。我衷心希望父親能吃好睡好；只有如此我才得到一點寧靜。

我關上房門，把自己丟上床。溼掉的襪子仍然在口袋中，像沒有體溫的腫瘤。

我沉沉睡去。

我和他走在屋邨商場的樓梯上。我們一直往下走，往下走，轉了一個彎又一個彎。

「天台不是往上走的嗎？」我問。

他沒有作聲。我後悔沒有聽清楚他的名字。我加快腳步，希望快點到達一個沒有人認得我們的地方——至少認不出我們身上的校服。

商場裡一個人也沒有。超級市場、便利店、快餐店、雜貨店，全部拉下鐵閘。

「啊！」他突然停下來。

我跟著停下來。

「我把名字留在天台上了。」他一臉驚慌，「怎麼辦？」

他突然轉身往上跑，拐彎後消失得無影無蹤。我站在原地。痛苦的呻吟從遠方傳來，愈來愈響，直至我張開眼，發現自己躺在床上。

呻吟聲來自房門外。我爬起來，打開門，往外看。父親臉色蒼白，癱軟在沙發上，一條腿垂下來。

「你怎麼了？」我走近，父親皺著眉，額角有汗水的反光。

他沒回答，捂著肚。

「哪裡不舒服了？」我再問，覺得事態有點嚴重。

「肚……」父親吐出幾個字，「痛……忽然……」

「搽藥油好嗎？」

我沒等父親回答，便打開電視旁邊的膠抽屜，翻箱倒篋地找。我找到父親覆診預約文件、一排排不知名的藥丸、幾張我小時候的學生照、幾枝贈品原子筆……我關上這個抽屜，打開另一個抽屜。那裡放了父親的衣物，全是廉價貨色。終於我在第三個抽屜的一堆充電線中翻出藥油來。

我猶豫了一下，把油倒在手心裡，擦熱，按在父親的肚皮上。到底是誰教我這樣做的？我已忘記了。

「我沒事的。」父親勉力爬起來坐著，「過一會就好。」

我往後退了幾步，站著，看著他。客廳沒開燈，沒開電視；父親的呻吟在室內不斷膨脹，如同不斷充氣的汽球，瀕臨爆裂的邊緣。

父親費盡所有氣力去抵抗這膨脹的過程；他的臉愈來愈蒼白，汗更多了。

「打九九九叫白車好嗎？」我覺得鬧劇得有個盡頭。

「不用。」父親艱難地回答，「我到房間躺一會。」

他試著站起來；他的腰彎下來。他的頭垂下來。他的手扶著沙發的背。他的腿無法向前挪動。我第一次感到父親即將頹然倒塌，如同被風吹斷前，突然不再搖動的樹幹。我彷彿看到那被蛀蝕的樹輪。

我早就知道，自從母親死去的一刻，父親的心便開始腐爛；他不愛我，至少不像愛著母親那樣愛我。

所以我無法幫忙。我無法幫助他。我只能幫助我自己。

我打了九九九，收拾好出門的物事。我的身分證。父親的身分證。錢。鎖匙。父親的風衣。急症室空調冷。我發現自己異常冷靜。那是明白父親並不愛我的結果。

我平靜下來。

救護人員來了，熟練地把父親抬上擔架。父親完全沒有抵抗的餘地。

急症室坐滿了人；父親走不動，救護員把他放在輪椅上，然後離去。我們開始漫長的等待；時鐘指著八時四十五分。大堂的電視正播放宮闈劇。父親的臉色在古裝劇的妝容下更顯得蒼白如紙；他閉上眼睛，汗珠從額角滲出；父親正用痛楚抵抗這裡的骯髒與腐朽，而我只能在旁邊看著。

我索性別過臉，讓自己看電視。屏幕的人七情上面，髮釵和耳環隨著角色的說話不住晃動。然而我聽見的是醫生護士來往的腳步聲、廣播聲、咳嗽與吐痰……我終於發現急症室裡的電視是消音的。

「你一定很恨我吧？」

我回頭，花了一些時間，才確認是父親在說話。

「我說，」父親依然雙目緊閉，「你一定很恨我。」

急症室的空氣忽然膨脹起來，脹成一個澎湃的大海；強大的氣壓如同埋葬一切的海浪捲走氧氣令我窒息。在洶湧的靜默中宮闈劇放完了，連串廣告如被折斷的海草破碎地飛散。然後是武打劇。畫面連同字幕飛快地過去像逃亡的魚群。兩個男人在靜默中刀劍往來；輕功的腳蹤是深海中彈跳的微膠粒。這兩個人想把對方置諸死地？還是只想逃離戰場？我的身體被海洋垃圾猛烈地撞擊：車胎、廢鐵、纏身的鬼網。

我坐在那裡，感受劇烈的嘔心。終於，它過去了。

「不，我沒有恨你。」我仍然盯著電視，「你已經盡了力。」

急症室的空調冷得可怕。我聽到四周風聲呼呼作響。

「我會跟學校的社工說，給你申請寄宿學校，或是其他宿舍。我相信你可以照顧好自己。」

我沒有回頭。

「我希望你也照顧好自己。」我用盡氣力，說。

醫生終於來了；病房助理把輪椅推走。我站起來跟上。布簾後，他們已經把父親抬上床；醫生揭開父親的上衣，露出那久未晒過太陽的軟塌的肚皮。醫生在那上面按了幾下，然後讓父親翻過來，又翻過去。

海嘯過去之後，父親成為一條離水待宰的大魚。

「盲腸炎。稍後會照聲波。先吃抗生素，如果無效可能要動手術。」醫生在病歷上撩上符號，「今晚要留院觀察。你稍後先到櫃台辦手續。現在不是探訪時間，你辦完手續可以走了。」

醫生抬起頭，看了我一眼。

「你夠十六歲嗎？」

我低頭，發現自己原來仍穿著校服。

「你家裡有其他人嗎？」醫生又問。

「沒有。」我答。

「法例規定，十六歲以下人士不可以獨留家中。」醫生把口罩除下，露出尖尖的高尚的下巴，「你夠十六歲嗎？」

我決定不回答。

「如果沒有其他人照顧你……」

「我不用別人照顧。」我打斷他的話，「我一直在照顧自己。」

「醫生……」父親忽然微弱地張開眼，「她可以的。」

「你說什麼？」醫生稍微把頭低下來。

「她可以的。」父親斜斜地望向我。

醫生抬起頭，盯著我。

「我什麼也不知道。」他重新把口罩戴上，走到身後的電腦前打字。

我轉身離開。

我走在下坡路上。雷聲在耳邊的空氣中震動；街燈化成一攤攤黃色。世界像被稀釋了，成為雨水的一部分，慢慢滲進我的身體，把我拖下深海，化身海底的熔合，成為大熱的能量。滾燙的手臂把大雨蒸發。我彷彿在前行中離開自己的軀殼，尋找另一個熾熱的自己。

farewell
&
together

潔身自愛

「不叫我們遇見試探，
救我們脫離凶惡，
因為國度、權柄、榮耀，全是祢的，
直到永遠。
阿們。」

隨著侍從隊伍步出禮堂，主日崇拜也就結束了；會眾有的站起來準備離開，也有的還坐在長椅上，向前前後後的人問候近況——這也許是他們每星期，甚至每個月僅有的交談機會，好了解對方有沒有上團契、慕道班、有沒有每天祈禱與神親近。站在大堂門口跟會眾握手的國豪嘴裡也說上些同樣的話，心裡卻在檢討剛才的講章：他以為他那些例子已經夠淺白，但會眾似乎還是沒什麼反應。這裡是舊區，來的多數是長者，國豪不得不承認他們的虔誠來自單純而非思考；而單純本身是信仰的基本。

「你瘦了啊。」陳婆婆握著他的手，那手涼涼的、輕飄飄的，「不要忙壞身體啊。」

「知道了。」對於陳婆婆的問候，國豪不是沒有感動，雖然在她眼中每個人都很忙和太瘦。然而這就是一個長者對於別人所能作出的關心了。國豪很清楚。

匆匆送別教友，國豪回到二樓小聖堂，脫下傳道人的袍子，小心翼翼地將之掛在門後。稍後還有教會會議，中間得爭取時間吃點東西；等著國豪的，還有牧師、堂議長、副堂議長、慈惠部部長……他們每個星期都會在早堂後一起吃早餐聚頭。國豪踏進茶餐廳，已經看見他們圍著圓桌坐滿了。

「來，這邊。」頌恩把圓凳往右挪，擠出一點空位，向國豪招手。

「家謙是不是上星期放榜？考上哪間大學了？」頌恩問。家謙是牧師的兒子。

「考是考到港大，不過我們早已決定讓他到英國讀書了。」牧師隨手拿起餐紙抹掉嘴角的沙嗲汁，「我想他去倫敦，他說要去愛丁堡，拿他沒法。」

「仔大仔世界呀。」養生派的富哥只吃多士，「由他自己選擇吧。」

「家謙呀，總比我的小女兒省心！」大輝的嗓門一向大而不自知，「她加入了什麼歌迷會，上學就跟同學做什麼應援物資，放假就周圍追星！一天到晚看手機追對方行踪，對我和我老婆也沒這麼關心！」

「追什麼星呀？韓星還是本地星？」

「我怎麼知道，看起來都是一樣的，我只知道他們臉上的化妝比我們慈惠部部長還要濃！」

大家哄然笑了，只有慈惠部部長玉貞抗議：「我幾時有化妝呀？我一向只注重內在美！幾廿歲人我連唇膏也沒塗過！」

「說笑啦，不要生氣……」

談笑聲中國豪沉默地保持微笑，完成最後一口熱檸茶。他沒有化妝也沒有子女，眾人的煩惱不是他的煩惱。

「差不多了。」富哥適時看手表，「會議要談的事情很多呢。」

是啊，最好能準時結束會議，國豪想。教會的會議總是長而又長，占去一整個星期天，然後第二天大家拖著疲倦的身軀又開始漫長的五日——但今天真的不行，因為今晚國豪約了施諾。施諾是家謙的同學，只是家境差得遠了；中二開始國豪便替他免費補習英文，現在終於考上了心儀的大學，說是無論如何要請補習老師吃一頓像樣的晚飯。國豪也很期待施諾會如何安排；他希望自己能先去理個髮，換上得體的衣服，才出席這個重要的約會。

「張 Sir，今晚七點，曼城酒店日本餐廳，到時見。」

會議才開了一半，國豪收到施諾的短信提醒。他提醒自己待會兒記得預備一點現金；怕施諾失了預算。他曾提出過，不用到麼昂貴的地方，但施諾堅持。

「張 Sir，你放心，暑期工那邊已出糧。」施諾用力地拍國豪的肩膊，「這些年你替我補習的學費遠不至這個。」

國豪看著眼前的施諾：長得比自己還高，穿上普通襯衣也能顯出寬闊的肩膊，早已不是初中的小孩了。國豪覺得眼睛有點癢，想揉一揉，又覺得這個動作過於戲劇化，於是忍下來。

「所以，星期天見！」施諾一笑。

「國豪，你有什麼意見嗎？」

國豪忽然意識到自己仍然在會議中。他匆匆翻一翻面前的文件。現在應該是討論事項的第二點，慈惠部的工作計劃。

「我覺得，慈惠部的工作範圍可以擴闊些。」國豪回過神來。每次開會，國豪都會事先細讀議程和資料，記下重點，「我留意到，附近有些餐廳定時會派飯，很多長者排隊領取。也許我們可以跟這些餐廳聯絡，看看這些長者還有什麼需要。」

「現在教會欠的不是錢，是人。」玉貞搖搖頭，「要服侍的對象愈來愈多，服侍人的愈來愈少……餐廳，診所等機構倒還有些實惠可以提供，教會嘛……我想我們要面對的挑戰是大的。」

國豪嘆了口氣，他知道玉貞說的是老實話——他所認識的教友，沒有一個不是好人，老實人。

於是他再沒有說些什麼。

好不容易，會議終於結束。國豪匆匆跟眾人道別。他還有一個地方要去。

安老院在舊樓的三樓。國豪左手挽著幾罐奶粉，右手提著幾包紙尿片，拾級而上；到了門口，艱難地騰出一隻手指按門鐘。等了一會才有人來給他開門。現在是院舍清潔的時間，職員忙。

「謝謝。」國豪保持微笑。

由於是熟人，職員也沒有怎樣招呼他，自顧自忙去了。他逕自走到床邊，輕輕地叫了聲「媽」，然後把物品放進床頭櫃裡；又到洗手間裡洗好抹布，收拾好櫃面上的雜物，抹乾淨。這才在床邊的圓凳坐下來。

「媽！」國豪又輕輕叫了一聲。那只是多年來的習慣；他的母親是不會回應他的。自從中風後，母親只能躺在那裡，每天等待別人餵食、轉身、換尿片；昏睡是她最理想的過活方式。現在，國豪看著他的母親，他世上唯一的親人，像一片路過時，偶爾掉落在面前的葉，躺在他面前。

他挽起她的手，涼涼的，輕飄飄的。

傷心的時候早已過去；間中，國豪會在夢中，夢見母親。夢裡，她健康，能走動，能說話。

「國豪啊。」母親看著他。在國豪含糊的記憶中，母親看著他時，永遠是這個眼神：那是同情的眼神，同情他，也同情自己。國豪的父親很早就離世了，是母親獨自把唯一的兒子拉扯成人。國豪記得，每年往祖母家拜年，親戚們都排隊似的發表統一言論，輪流拉著母親的手，說她好，說她不容易。

「真是難得啊。」他們的語氣像讚嘆著一幅名畫，一個結構良好的故事，「阿嫂是難得的。」

母親微笑著，不承認也不否認什麼，像要把人們的評價通統吞進肚子裡。這些時候，國豪只能保持著與母親一致的微笑，盡量避免親友把注意力轉往自己身上。

「國豪啊。」

在這些累人的晚上，母親往往這樣叫他，然後看著他。母親沒說什麼；那巨大的沉默如同把國豪包進一個充滿氣體的汽球裡，那氣壓幾乎把他壓扁。

也許他應該把母親從親戚的讚許中拉開；又或者，替她擋掉一點。他不是沒有這樣做。一直以來，他勤奮讀書，考上大學，又成為了中學教師。國豪自問沒有失禮他的父母。父親在照片裡，架著眼鏡，盯著他的妻子和兒子。他應該感到滿意。

離開護老院，國豪看看手表，慶幸還有一點時間。在的士上，他心裡不斷盤算該穿什麼衣服：打領帶會不會太隆重？灰色的西裝外套會不會太嚴肅？國豪的衣服不多，上班、返教會，都是差不多的打扮；國豪承認自己在這方面沒什麼心得。

走進理髮店，相熟的店員招呼他坐下，也沒有問他想剪什麼髮型——國豪看著鏡中的自己，頭髮已所餘不多了，能剪的有限。他翻開眼前的過期雜誌，裡面全是打扮入時的男男女女，一律的年輕高佻——即便是讀大學那幾年，國豪也沒穿過什麼時尚衣服；如果時光能回頭，也許他會趁頭髮還多的時候，試試不同的髮型。現在，理髮師拿出剃刀，往他的頭頂上一下一下地刮，發出「呱——呱——」的聲響，像一隻害怕吵醒世界的、失眠的蟾蜍。

一下子走進幽暗的餐廳，國豪先是感到一陣目眩；定一定神，發現自己置身於兩層樓高的天花板下。高樓下的維港如懸空的銀幕，掛在眼前的落地玻璃上。城市的上空原來深藍如另一個海；身旁經過的侍應捧著碟子、酒杯，輕快靈敏地穿梭，像在深海中暢泳的魚群，又像在水族箱裡受了驚嚇的的熱帶魚。在海和天空之間，一大束黃色跳舞蘭，從玻璃花瓶中伸展出來，散開，如星空；閃爍的花叢中，施諾靜靜地坐在那裡——平時垂下的瀏海，今晚梳得貼服；白色襯衣，衣領翻開，露出雪白的脖子；淺灰色的外套，在人工的夜色中像一層薄霧，籠罩在施諾的四周。

國豪又感到目眩。

施諾抬起頭，看見國豪，向他招手。左右兩邊的鏡子照出無數個人影，國豪不自覺地瞄瞄自己的肚皮，挺一挺腰，深呼吸一下，鎮定地走過去。理髮後，他趕回家梳洗過；挑了深藍色的西裝外套——本來打了領帶，臨出門前還是脫下來。他不想把氣氛搞得太嚴肅——現在，施諾是大學生了，不用再請補習老師；他和他已不再是師生的關係，而是——朋友？

「張 Sir。」施諾站起來，等國豪坐好了，才坐低。國豪打量了他一下，這才發現白色襯衣和灰色外套本來是施諾的中學校服。

「還能穿的，把校徽拆掉便可以。」施諾笑道。細看的話，能看出襯衣已經有點窄了，胸膛的部分有點綳緊。窮家的孩子能省就省。國豪一向很欣賞施諾的懂事。

「很高興你能來。」施諾笑著說，「你這樣忙。」

「你請客，當然要來了。」國豪伸出手，「真心的，恭喜你。」

施諾連忙也伸出手來，與國豪握著。

「謝謝你這些年的幫忙，不然，我……」

施諾忽然有點激動。是的，施諾跟家謙同一間中學同一年級，家謙是牧師的孩子，教會的明日之星；相比之下，施諾的條件實在差太遠了。沒有人記得，他們其實是同齡的孩子，處於同一個人生階段。只有國豪，一直把施諾帶在身邊：補習、去博物館、去好一點的餐廳。他不希望貧困限制了施諾的見識；他自己就是苦讀成材——不容易啊，那些日子：沒錢，一件笨重的大衣穿一整個冬天；專挑超市快關門的時間，買半價的麵包、顏色黯啞的肉，耐放的薯仔，煮一大鍋天天吃。國豪每次想起都要打顫。

「今天是高興的日子。」國豪拍拍他的肩膀，「那是你努力換來的成果。」

「張 Sir 看看點什麼菜，不要客氣。」施諾咳了一聲，重新調整好表情，「這裡的和牛是有名的，我上網看過食評。」

國豪打開餐牌。晚餐最便宜的是燒三文魚定食；然後是雜錦刺身、牛肉網燒、龍蝦拼和牛。國豪想了想，點了雜錦刺身。

「要喝酒嗎？」施諾問。

「喝酒？」

「你不是說今天是高興的日子嗎？」施諾笑道，「我上個月過了十八歲了。」

施諾向侍應招手點菜，要了一瓶清酒。國豪在旁邊看著他貌似熟練地說出各種菜色的名字和酒名，知道他應該花了不少時間蒐集資料。這種裝出來的成熟，其實讓施諾顯得更青澀稚氣；尤其那濃密的鬢髮，讓他的側臉顯得更清潔、白皙。

「張 Sir 還要些什麼嗎？」

「不用了，這樣就好。」國豪乾咳一下，掩飾只有自己聽到的心跳。

這種高級餐廳，國豪其實也不常來。此刻，他只嗅到不知從何而來的、清淡的芬芳；偶爾傳來碗筷碰撞的聲音，像不經意的耳語。周圍的人在交頭接耳，但聽不到他們在說什麼。侍應偶爾在身後走過，雖然通道很寬闊，但國豪總怕自己的餐椅會絆倒人。

「進了大學，會住宿舍嗎？」國豪找個話題。

「會的。已經約好了一個中學同學，我們會住同一個房間。」

「哦……我認識的嗎？」

「就是籃球隊隊長，去年入大學的。」

「哦……」國豪記起了，是那個身材高大的少年，天生一頭鬈髮，皮膚黝黑，笑起來牙齒顯得很白。「他能照顧你嗎？」

「我哪用他照顧呀，我是大人了。」施諾笑得睫毛抖動，「你別看他整天粗口橫飛，他會煮飯的，到時我便有飯吃了。」

國豪乾掉一杯清酒，讓清澈的甘甜灌滿乾澀的嘴。

「來，喝一杯。」國豪把二人的杯斟滿，「你真的長大了。」

「好。」施諾舉起杯，對著國豪，把酒乾了。這是一個男人的舉動。然而那手臂上的汗毛還是青青嫩嫩的。

燈光四處勻開，如同倒翻的月色。國豪又揉一揉眼睛，刺身便忽然送到面前。

「先生，這是你點的雜錦刺身。」

「謝謝。」

「我能向你介紹一下這道菜色嗎？」

年輕的男侍應微微躬身，尖而細的臉湊在國豪面前。

「哦……好的，麻煩你。」國豪望向施諾，「這裡是高級餐廳，注重與客人之間的交流，你可以見識見識。」

侍應也向施諾微微一笑，然後繼續台詞。

「本店的刺身全部來自日本北面海域，每日空運到港，由本店的廚師挑選最嫩滑的部分，造成刺身。」

「嗯……」

「你面前的吞拿魚，今天早上還是活生生的。」

「嗯……」

「請慢用。」

國豪不禁輕輕地咽動喉頭：粉紅的、白的、半透明的肉，正整齊地排列眼前；他拿起用筷子，輕輕拈起，肉便半緊張半興奮地，隨著筷子上升而抖動。把刺身放在碟子上，再挑了一點山葵；那是鮮磨的山葵蓉，如同淺綠的胭脂，一抹，便蘸滿飽滿的肌膚。國豪把刺身送進口中，溫婉的油脂與衝鼻的辛辣同時溢滿，像有人燃點起冰涼的火焰。

國豪的眼淚無法控制地流下。

施諾又替他斟了一杯。清酒貌似清水，卻是一片火熱。

這頓飯實在太高興了；向來酒量不差的國豪，竟然大醉起來。

「看見你成材，我實在太……太高興了。」

「張 Sir 你喝醉了，我送你回家。」

「我沒醉！我是太高興了……」

嘴裡雖這樣說，踉蹌的腳步讓國豪不得不把整隻手臂搭在施諾的肩膊上，頭埋在施諾的頸窩裡。他的氣息呼到他的衣領上；他痛恨那是酒氣而不是古龍水的芬芳。一直努力地多菜少肉，早睡早起的國豪，這一刻忽然明白：再怎麼努力，也無法從歲月的指縫中偷到一點便宜——單單是身上的味道，再怎麼洗也洗不走那種成年的庸俗。

汽車的燈一閃一閃地流動，像聖壇上閃爍的燭光。朦朧中，國豪知道施諾在截的士。此刻，他的頭腦又忽然異常清晰，能看見一架架汽車，紅的、綠的、白的黑的，像無數的魚，新鮮的、跳動的，奮力地向前游；魚的一雙雙眼睛如同車頭燈，盯著他，望著他。

馬路如滾滾長河；我應該衝出去——要不跨過彼岸，要不粉身碎骨。這是我唯一的歸屬，國豪想。

「張 Sir，上車了。」

跌跌碰碰地，他們終於到達國豪的住所。

相對於其他單身男人，國豪的家算是十分整潔：廚房的餐具安靜地躺在瀝水架上；客廳的沙發上沒有雜物，只得兩個軟墊；這樣的屋子就像示範單位，可以讓人隨時進來隨時離開。事實上，這裡是教會年輕人的後備住宿——與父母吵架的時候，想找人談心事的時候，只需一個短訊，這裡便中門大開。好幾代的少年，在這裡補習、聽道理、學懂他們的人生……

「我給你倒杯水。」

「不用。」國豪囁嚅，「我沒事，你走吧。」

「先喝杯清水吧。」

國豪躺在沙發上，手掩著眼睛，聽著施諾時遠時近的腳步。天花板上的吊燈隨聲音晃動，像海面駛過的漁船，帶著警告的意味。刺身的肉味隨著過量的酒湧上喉嚨，國豪覺得自己是一條腐臭的魚。

「來，張 Sir，先把外套換掉。」

施諾伸來手臂，像纏上來的鰻魚，冰涼而碩壯。魚在海中徘徊。魚撥動海浪。魚的眼睛閃亮，看不穿。魚的身體纏上了肩膊，背後，腰間，光滑而痕癢……要鑽進來嗎？這麼多年來國豪已經很累；他覺得自己無法再支撐下去了。

他的手，接上施諾的手。

施諾看著他的張 sir，那神情仍然像他第一次踏進這間屋子的時候，好奇而天真。

「施諾，我……」

我不得不努力地保護這個海沙堆成的堡壘——一個浪掩過來，一個浪又掩過去；一切便歸於無有。

不是那樣的。不要。

「我不口渴，你走吧。」國豪想哭。

「你醉了……」

「你走吧！」國豪覺得自己用完最後一口氣，「你走呀！這裡不歡迎你！」

他用最後一分力把施諾推倒地上，衝進廚房裡。

施諾爬起來，走到廚房門口，看見他的張 sir 坐在雪櫃前，正把手裡一支牙膏狀的山葵醬往嘴裡擠；金絲眼鏡半掛在發紅的鼻翼上，頭髮一絡絡跌下來，露出頭頂的光禿禿的圓圈。嘴巴上的螢光綠混和了眼淚鼻涕，往兩頰化開，像詭異的笑容。

「你走呀！」國豪的牙縫在暗黑中閃耀鮮艷的綠。

「你走呀！這裡不歡迎你！」

施諾走了。他一向不違背張 Sir 的意思。

山葵醬擠光後，國豪不哭了。他擤一擤鼻子，把沾滿山葵醬的襯衣脫下來，丟進垃圾桶。就著廚房的洗手盤他洗了把臉，然後收拾散落一地的雜物：被掃落地上的餐具、打破的雞蛋、倒翻的剩菜……他早已習慣讓自己變成廢墟，又在廢墟中重新建立秩序。

什麼都沒有發生。什麼都不會發生。潔身自愛是國豪做人的宗旨，永遠不會改變。

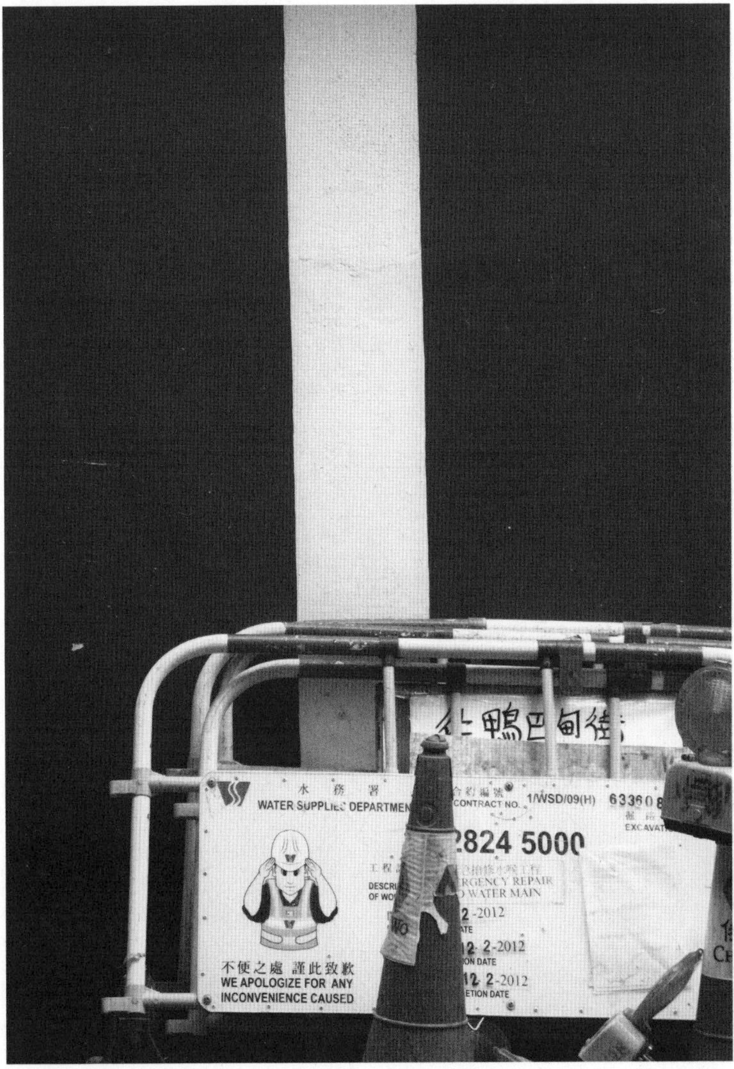

farewell
&
together

不想擁抱我的人

像白平這種堪稱典範的病人，我們實在想不通他為什麼要住進精神病院——他在這裡已經很多年了，已沒有人記得他當初為什麼來到這裡。有一次，職員飯堂的電視在放晚間新聞，同事抬頭看了一眼，說：

「外面的人比這裡的更不正常哪。」

對這句話我絕無異議。

白平是個奇怪的病人——說他奇怪，因為他太正常：對醫生、護士，以至其他病人，他都彬彬有禮，溫柔謙恭。閒時，他還能幫忙主持一些活動，例如英文書法，摺紙等；偶爾病人之間有齟齬，白平走過去，三言兩語便把事件擺平。我問他跟他們說些什麼，他起初不願講，問多了，他告訴我：「我過去跟他們念詩。」

「詩？什麼詩？」

「想起什麼便說什麼，李白、杜甫，也有莎士比亞。」白平聳聳肩，「反正有人比他們更古怪便可以。」

醫生是不能批評病人「古怪」的。然而我不禁佩服白平的法子。

「吵架是為了證明自己是對的那方。」白平又聳聳肩，「世上哪來這麼多的對錯呢？」

白平會彈結他。有時，病人吃過晚飯，又未到關燈時間，白平便坐在會客的大堂中，細細地調音，輕輕地撥弄琴弦，唱起一首又一首的民歌來。大家便遠遠近近地圍起來，連夜更的看護也站在那裡，倚著門框聽。白平的歌聲帶點沙啞，有時像吟誦，有時像唱歌，有時像講故事。空調開放的病房裡不分冬夏；這樣的晚上大家似乎都睡得特別深沉。

然而這個冬天卻是異常地冷，彷彿冷得空氣也變了顏色。原本午間時分會到花園散步、晒太陽的病人，也都像冬眠的蟲似的，躲進被窩裡去。只有白平，每天早上依然準時起床，到花園做簡單的體操。

「陽光是好的。」白平說，「雖然陰天也不壞，但陽光總是好的。」

「你真是樂觀。」我由衷地說。

「白平，幫忙把落葉掃了，好嗎？」年輕的護士在樹下招手。遠遠望去，可以見到零落細碎的白色花瓣在她的頭頂飄過。

「好的。」白平咧嘴而笑，露出潔白的牙齒。

我已說過，這一年的冬天出奇地冷，也出奇地漫長；尤其在四面白牆的病院中，又有什麼比溫暖濃烈的咖啡更吸引呢？連苦澀也顯得分外濃郁香醇，像酒。我循著香氣走，終於走到走廊盡頭的職員休息室；在那裡，白平把剛沖泡好的咖啡遞到兩個男護士手上。他們見我進來，有點訕訕的。然而對於眼前光景我並不詫異。

「你好，醫生。」白平像早料到我的出現，「要喝咖啡嗎？」

「嗯……好的。」我想不出任何拒絕的理由。事實上，在我確認之前，白平已經把咖啡豆放進手動磨研器中。

「豆子是哥哥姊姊們的。」白平口中的「哥哥姊姊」就是護士，不論年紀。「不是什麼名貴的豆，但味道不差。」

一輪熟練的操作後，一杯燙手的咖啡便降臨世間，向卑微的凡人施予一點實在的熱暖。連窗外的陰天也登時明亮起來。

「好香。」我接過，吹了幾口氣，小心翼翼地呷了一口，「不錯啊。」

「你喜歡就好。」

「你自己呢？」

「我喝過了。一天一杯就好。」白平把咖啡壺洗好，抹淨，「凡事過猶不及。」

我默默地又呷了一口。

「這些，可以留下當肥料。」白平把咖啡渣放進流理台上的一個空瓶子裡，「不過要先發酵。」

你知道得真多——我想說，但沒說出口。

白平向我點頭一笑，便離開了。咖啡的香氣仍在休息室的上空縈繞。

世上大部分事情，都不是一下子出現的。就像雨、白髮和塵埃，在為人覺察之前，它們已悄無聲息地出現在生命裡。白平之所以成為平和的瘋子，大抵也是同樣的緣故；那就像我之所以成為他的聽眾一樣。我是醫生；更重要的是，我是一個好性子的醫生。醫院裡的醫生很多，但好性子的醫生並不多。這大概就是白平選擇了我，而我又沒法拒絕的緣故。

「我和妻子相識，也是在這樣的冬天。」某一天，白平說。冬日的陽光在石板地上灑上透明的金黃，卻沒有溫度。一隻麻雀無聲地跳進光中，側著頭，想了想，又像是猛然醒覺地，箭似的往天空飛去。

「嗯。」

我們坐在醫院前庭的長椅上。醫院的長椅設計比外面的好，木製的，中間沒有欄杆，有時病人愛在那裡睡覺，我們也由得他。

「她本來是我的夜校學生。」白平又說。白平的故事我已聽過很多遍了；他自己也知道。

「嗯。」

我之所以由他重複，是因為我相信：讓病人講述他們的故事，是一種治療。外國就有治療機構，專門讓戰爭中的倖存者複述創傷的經歷。

「你知道，我在夜校教書。這份工作是我人生中做得最長的了。」白平看著我，彷彿在試探我是否記得故事的細節。我記得的是，白平的妻子在某日忽然不辭而別；我只能說，白平的妻子極之憎恨他。

「我在那裡什麼都教，初級法文、歐陸哲學概論、心理學入門。同事有請病假的，我便頂上。」白平「哈哈」地笑了兩聲；大概因為這個笑話已重複了很多遍，笑聲聽起來很乾癟，「學生還挺開心的。」

「你上課時，跟學生都說些什麼呢？」我適當地提問。

「什麼都說，由宇宙大爆炸的成因，到鴛鴦炒飯。」

「鴛鴦炒飯？」我倒是忘記了這個典故。

「你沒吃過鴛鴦炒飯嗎？」白平皺起眉頭，「太極生兩儀，兩儀生四象，就是橙色芡汁加白色芡汁的鴛鴦炒飯。」

我看著白平，無法判斷他在胡扯還是認真。

「所以，你喜歡吃炒飯？」我轉個話題。事實上，醫院並不提供炒飯。醫院的膳食是最乏味的，連職員餐廳的菜也難吃得很——我永遠分不清 A 餐的芡汁到底是豆豉還是黑椒。

就在我胡思亂想之際，白平回答了我的問題。

「吃飯是好的。米能吸溼，食谷者生。」白平站起來，「好了，你差不多要回去。」

我掏出口袋裡的袋表，果然已經是下午一時五十分了。白平拍一拍身上的病人袍，逕自轉身離去。他的袍子是病人中最乾淨的，沒有異味也沒有摺皺。

「陳醫生，三號病床的家人想見你。」護士說。

「哦？」我無法想起誰是三號病床。

「偷菸仔食的阿叔。」

「哦。」我想起來了。阿叔在這裡已住了好幾年；他患有肝癌，卻常常偷病房助理的香菸，躲到後樓梯吸。來探望阿叔的來來去去只有一位中年女士，所謂的「家人」

應該就是這位女士。

「有什麼原因嗎？」我問。

「她說，就是想知道阿叔的情況。」

我接過護士遞上的病歷，匆匆翻看，「阿叔似乎沒有什麼特殊情況。」

「是沒有。」護士答。

「那她為什麼要見我呢？」

「每半年她都會提出見你一次的。上一次已經是夏天的事了。」

我抬起頭，看著護士。她的表情很平靜。

「好，我盡量安排一下。」我只好答，然後若無其事地問起別的事情。我知道自己近來的記性並不好，「還有別的事嗎？」

「沒有了。」

我鬆了一口氣，像個終於聽到老師喊「放學」的、被罰留堂的小學生。

那個晚上，我在回家的路上，買了一罐啤酒，坐在公園裡喝起來。很充實的一天。

全日共看了五十個病症。冬日的黃昏非常短暫，啤酒沒喝到一半，天已經全黑了。我打了個顫抖。遠處一個身影跑近，藉著昏黃的街燈，我看到那是一個跑者，女的，長長的馬尾在腦後搖晃。跑者在我眼前經過，氣色很好，沒化妝的臉兩頰紅潤飽滿。穿上跑鞋的雙腿修長結實，我沒期望過她停下腳步，事實上她也沒有；我誠心祝願她能保持運動的習慣，因為這種人多數身心健康，毋須借助酒精入眠。

「陳醫生，這是今天入院新症的資料。」

我看見擱在桌面上的一大堆檔案。這一年，每一間醫院都嚴重地超收病人，每間病房都放滿了病床，包括電視機下、廁所門口、病房經理門口、走廊……有些同事提早退休、移民，或是改到私營醫院的精神科工作。其他人則在病床與病床之間打側身鑽來鑽去。

「這樣不行。」吃飯的時候，我跟同事說，「大家都快崩潰了。」

「可不是。」同事皺著眉頭，「病人也滿口怨言。昨天有家屬嚷著要投訴實習醫生，我花了一個下午調停。」

「為什麼要調停呢？」我說，「就讓病人和家屬投訴吧。管理層看的不是數字嗎？就讓他們看投訴數字。」

「這樣新同事就麻煩了。」

「現在這種情況，不也是麻煩嗎？要床單沒床單，要枕頭沒枕頭。覆診期不斷往後推，新症更是不用想。」我一口氣說，「投訴就投訴，何必替上面的人掩飾。」

同事看著我，那驚訝的目光越過餐桌，像一道拋物線，僅僅到達我這邊又被迅速收回。我沒有再作聲，繼續扒飯。這頓午飯寧靜安好。

於是醫院繼續接收病人。今天的新症是少女——說是新症其實不太準確，這兩年她一直因為自殺傾向在醫院進進出出——她這個年紀，順利的話應該在讀大學、談戀愛。

我站在病房門口迎接她。少女看起來瘦了一點，頭髮剪成一隻花菇的形狀。

「你好。」我微笑，「早晨。」

這些應酬的說話她自然沒有回答，只顧把醫院派發的個人物品收進床頭櫃裡：衛生紙、洗臉用的小方巾、包裝好的即棄內褲。我看著她收拾物品——正確來說是監視她有沒有把可以傷害自己的東西帶進來。

「這個看起來不太適合你的髮型。」我指著她頭上的黑色髮夾。

少女嘆了口氣。

「這袍子，真醜。」她從護士的手上接過病人服。那是沒有裁剪可言的袍子，任何人穿上去都會變成同一個樣子。這不是我們故意讓病人變成一式一樣的集體——雖然客觀上可能產生了這種效果——我們的原意只是確保病人的安全。沒有腰帶或索繩，沒有能吞進肚子裡的鈕扣、沒有長得能綁上橫梁的袖子。沒有內衣，甚至沒有胸圍。能符合這種設計並可大量製作的衣服款式大概不多，能犧牲的只有美感與個性。

我無法反駁少女的話；辯論向來不是我的特長。況且，人在醫院，辯論便只是可以進行但無實際效益的活動。少女仍得穿上她討厭的病人袍。於是她不跟任何人說話，拉起被子，蓋過頭，把吵鬧聲擋在外面。我把髮夾放進口袋裡，看著她安頓好，才向吵鬧聲的源頭走去。

「你去死啊！你怎麼不去死？」

然後是嘩啦啦的聲響，像是什麼東西掉在地上。我推門進去，迎面而來的婦人幾乎把我撞開。病房助理在打掃地下。一地的豉油。

我問病房助理發生什麼事。

「吵架。」

「為什麼吵？」。

「為了一隻糯米雞。」

「糯米雞？」

「大概是，母親想吃糯米雞，女兒買來，又嫌不好吃，之類。」

「哦。」

「每星期都如此。」助理搖搖頭，「這兩母女，每星期都吵。」

我望過去，戴著冷帽的婆婆仍坐在那裡，看著只吃了幾口的糯米雞，喃喃自語。

助理走過去收拾殘局。

「阿婆，糯米雞你還吃嗎？」

冷帽婆婆沒有反應。助理把整袋食物拿起來丟了。

「真可惜。」不知什麼時候，白平出現在我後邊，長長地伸了個懶腰。
「你想吃糯米雞？」
「不想。」白平笑著說，「每次見她們吵架，我都在想：你就別來了罷。或者，你就別出去與她見面。可是她們做不到，因為仇恨太深了。」
「我想她們還是關心對方的。」我說，「只是不懂得表達。」
「最初的時候，或許是這樣。」白平重新把手放回口袋中，「後來就只有恨了。」
我承認，有時我不太喜歡白平這種冷漠的態度。
「只要有人先作出改變，事情會好起來的。」我說。
白平看著我，笑了。
「承你貴言，這個世界一定會變得更好。」白平說，然後轉身離去，繼續每天的遊蕩。
在我抽到時間與阿叔的女兒見面前，偷香菸的阿叔便因為癌症末期，要轉到寧養醫院。她的女兒來到醫院辦手續，跟護士說要見我。我只好放下手頭上的文件到護士站。

「有什麼事嗎？」我問。

她——病人的女兒——看著我。

「我爸在這裡住了這些年，辛苦你們照顧他。」她說，「我想我爸應該沒機會回來了。我想當面說句多謝。」

按照護士的說法，我應該之前已見過這位中年婦人。可是我一點印象也沒有。

「多年輕的醫生。」婦人親切地一笑。

我只好保持微笑。事實上我並沒有她想像中年輕。

「謝謝你照顧爸。」婦人接過護士給她的文件，「他脾氣不好。」

「這是我們的責任。」我只好抛出標準答案。

「謝謝。」婦人點點頭，把文件放入手袋中，便離開了。當值護士重新低頭工作，我望出窗，才發現天陰，下著微雨。我的辦公室長期預備了摺傘；醫生這一行是科學的、理性的，不會妄想改變不能改變的事實或提出無人能回答的問題。下雨就是下雨，上天不會向世人解釋原因。

我把雨留在外面，回到辦公室，開了空調。冷。但我需要乾爽的空氣。醫生的白袍並不保暖。它只是一件制服，向世人展示我們的專業與威權，除此以外沒有別的功能。很多同事下班就把白袍脫下掛在辦公室中，十年如一日，不清洗不更換，連基本衛生也談不上。但白袍仍然是白袍，醫生仍然是醫生，病人仍然是病人。我感謝病人家屬對我信任，但我不會因此為個別病人做得更多或更少。

我像收拾文件一樣收拾自己的心情，準備接下來的工作。

這一天午飯時間，白平又為病人表演；我沒什麼音樂天分，我甚至對音樂的興趣不大；之所以成為白平的聽眾，純粹是為了不想跟同事吃飯。然而，第三首歌後，白平便放下結他，宣布今天的演奏結束。也許某一首歌觸動了他的過往，我想。

病友無味地散去。

「喝咖啡嗎？」白平問，「哥哥姊姊們分給我一些新的豆子。」

於是我們又在花園的長椅上坐下來。好冷。我看著冒煙的咖啡，好像看著另一個溫暖的世界。

「妻子離開我那天，是某個難得晴朗的春日早上。我醒來，張開眼，忽然意識到她已經不在了。我走到她的房間，打開她的衣櫃，證實了自己的想法：她帶走的只是幾件貼身衣物，一件風衣，證件，少量現金。我送給她的東西全部留下，只穿走了一對球鞋。桌面上放著一包打開的餅乾，平時把袋子扎起的橡皮圈不見了。我走到街上，陽光照在我身上，與平常一樣和暖。這個世界並沒有因為妻子的離去而翻天覆地。我想像她離開的時候，用嘴巴咬著橡皮圈，梳好頭髮，束好辮子，站起來離去。」

「你難過嗎？」我問。

一如我所料，白平搖搖頭。

「我好像在等著這一天來臨。」白平沉進了回憶中，「一開始我便知道會有這一天。」

「為什麼？」

「人生是個鐘擺。」白平說，「鐘擺擺向一邊之後，自然就會擺向另一邊。這是不變的道理。」

我沉默了一會。

「你愛她嗎？」我問。

「愛的。」出乎意料地，白平的回答非常爽快，「但我的愛只能到這個程度。不管對方是誰，我只能如此。」

「例如呢？」

「例如，」白平側頭想了一會，「我可以躺在沙發上，看著天花板打發時間。太陽先照進窗前，然後，慢慢地移到中間，再移到另一邊。這樣，生命中的一天就過去，不是挺好的嗎？」

「你不跟你的妻子談天，或者一起做些什麼嗎？弄些小吃，看電影之類。」

「很少。她當初喜歡我，不是因為我會弄小吃和看電影。又或者，她喜歡的不是我，而是我的書。我好像跟你說過，她本來是我夜校的學生，我那時教《易經》……」

白平望向我，彷彿不太確定我是否願意繼續聽下去。我乾咳了一聲，然後掛上一個充滿期待的笑容。

「來上堂的什麼人都有，長者，家庭主婦，也有兩個大學生。」

「他們聽得懂嗎？」

「大部分人想學的其實是占卜。可是世界上並沒有趨吉避凶這回事。」

「為什麼呢？」

「因為世上並不存在真正的吉或真正的凶。好與壞只是相對的概念，就像生與死。」

「哦……」

「就拿生死來說。在大自然裡，生並不值得慶幸，死也並不可怕。對生與死的感受，是人類額外產生的，並不是事情本身。」

「嗯……」

「所謂否極泰來，沒有否就沒有泰，這是易經的道理。」白平微微一笑，「那些起初想來學占卜的人，上完了我的課，大致上都能明白這個道理。」

「真是博大精深呢。」我由衷地讚嘆。事實上，白平的思緒開始混亂，愈扯愈遠，彷彿在迴避些什麼。

「所以，這就是你們結婚的理由嗎？」我嘗試把話題拉回來。事實上我想像不到白平跟他的太太談情的樣子。當然，在現實生活中，並不是每對夫妻都要談情。

「交往的時候，每次她來我家，都坐在角落不斷看書。」白平用手比劃著，「一本本地看，這麼厚的。」

「這不是挺好嗎？至少你們相處的時間很多。」

「我最反對別人看書。」白平的答案實在令我意想不到，「準確地說，我最反對頭腦幼稚的人試著從書裡找答案。書裡裝的都是別人的話、別人的想法，如果讀書的人本身沒有足夠的意志或信念，只會愈看愈迷失。」

「你好像挺了解她似的。」

「也說不上。誰能說自己能了解另一個人呢？我連自己都不太了解。」

我有點累了，想把話題轉回咖啡上，於是向他提出了咖啡豆分類的問題。然而白平今天的興致很高，完全沒有聽到我的提問。

「妻子對於書和知識太過於信任，以為知識可以改變世界。」白平輕輕地撥著弦線，「你知道嗎？她的父親是銀行高層。從小她便過著富足的生活。她的家裡甚至有兩個傭人。這種人的使命，就是過好自己的生活，好好地待在自己的世界中。」白平「哈」一聲笑出來，「我不知道她憑什麼憤世嫉俗。她甚至和她父母感情挺好。」

「跟父母感情好不是很好嗎？」我想說，但忍住了口。我只是覺得白平的思路與別不同，跟他爭論毫無意義。

「那麼，你有跟她談過你的想法嗎？」我改口。

「為什麼要跟她談呢？」白平看著我，彷彿對我的問題感到驚訝，「除非我能確認自己正確。但我能嗎？這個世界沒有人可以說自己站在正確的一方吧。或許我的妻子才是對的。她過她的生活，我過我的。沒有對與錯。」

「那你喜歡她什麼呢？」

白平搖搖頭。

「我想，她喜歡我，多於我喜歡她。這是我感到歉疚的地方。」

我想起白平的妻子離開家裡的情境。也許白平說的沒錯。她喜歡他，多於他喜歡她。

「那麼，你認為，她喜歡你什麼？」我大著膽子問。

「虛無。」白平的語調像唱著一首歌，「她想相信什麼。我什麼也不相信。」

我看著白平，想判斷他是不是抑鬱症病發。他給我的回應是同樣看著我。

「我沒事，不用擔心我。」他微微一笑，「你真是一個好心腸的醫生。」

今天的對話就這樣結束了。

那夜我經過病房的走廊，沿途不斷有人跟我打招呼：「醫生醫生」，「醫生早晨」，那聲音像從遠方飄來。然後我在漆黑中看見熟悉的天花燈與傢俱，漸漸地意識到那是夢。那是我讀醫學院時常做的夢：我夢見病人都十分尊敬我，而我也十分愛護他們；直至後來我發現，我不是能幫助他們的人。能幫助他們的，只有藥物，和病人自己。

我嘗試在被窩中翻身，卻覺得自己的臂膀和大腿已從軀體中分裂出去；頭痛如一把鈍劍，穿過我兩邊的太陽穴；我感受不到它的冰冷，只感受到它的重量；身上每一條神經如發條般上緊，防止肉身繼續崩塌剝落。

翌日我回到夢中的病房，經過夢中的走廊。沿途的確不斷有人跟我打招呼：「醫生醫生」，「醫生早晨」。他們向我拋擲各自我不能滿足的期望。我加快腳步，像風吹過一樣，向他們灑下聖水般的虛妄的微笑。

忽然有人拉住我的袍子。我停下來，是坐在輪椅上的冷帽婆婆。

「什麼事？」我問。

阿婆看著我，沒作聲。

「什麼事呢？」我只好蹲下來，看著她。

「糯米雞。」

「什麼？」

「糯米雞。」阿婆大聲說，「你係咪撞聾？」

「你想食糯米雞？」我問。

「糯米雞。」阿婆重複。「食咗俾[1]我死。」

「阿婆，醫院沒有糯米雞。」我拿出溫柔的語氣，「你想食，只能叫家人帶來。」

「阿婆，你想食糯米雞？」護士走過來，輕輕地鬆開阿婆拉著醫生袍的手，「我打電話叫你的女兒帶來，好嗎？」

阿婆開始大聲咒罵；罵的可能是我，可能是其他人，也可能是她自己。我向婆婆點點頭，轉身，卻忘記了自己本來要去哪裡。護士把阿婆推到窗邊，拉開窗簾，讓她

1 俾：讓。

晒太陽。

「她想見女兒吧。」護士逕自回到護士站，彷彿自言自語。

「她的女兒沒有來嗎？」我問。

「有呀。」護士低頭整理檔案，「每次都被阿婆趕走。」

我看著阿婆。在冬日的陽光中，她顯然對人生非常不滿，用盡氣力詛咒沒能吃上的糯米雞和全世界。沒有人理會她。阿婆的後面躺著一個病人，被綁在床上，沒有掙扎。外面的好天氣與他們無關。泥地下的蚯蚓不喜歡太陽；只是蚯蚓不會抑鬱——應該不會。

護士咳嗽了一下，我忽然想起自己正前往下一個病房。少女等著我。

「副作用只是頭一兩個星期的情況。」我向她解釋，「很快便會適應。」

「你不是我你怎麼知道？」少女反駁，「昏昏沉沉的感覺令我覺得自己變成廢人。」

「為什麼不可以讓自己休息呢？」我試著說，「生病了，休息不是罪。我也是一樣，感冒了就要請假，睡覺。」

「你是尊貴的醫生。」少女轉過頭來，盯著我，「你甚至可以開藥給自己吃。可是我呢？我能拒絕嗎？」

「你擔心的，除了副作用外，還有什麼呢？」我問。事實上我感受到的是她的敵意，對我的，不是對藥物的。也許我是她唯一可以反抗的人或事物。

她不作聲。她擔心的是什麼呢？她自己也未必明確知道。

「或許這樣吧，」我換一個說法，「我們來看看這種藥丸的資料。我可以向你解釋說明書上的文字。然後你再決定是否繼續，好嗎？」

「我是白老鼠嗎？」少女衝我大叫。即使沒轉身，我也感到背後刺進其他病人的目光。

「我不是你，不能否定你的感受。」對於沒法解釋的問題，我從不搭腔，「但站在我的立場，我相信藥物是有效的。如果你未準備好，我們可以過些時間再說。我們暫時先繼續之前的治療方式，藥的種類和劑量也不變。」

少女沒有回答我的話；我站在她的床尾，為了減輕疲勞而交換左右腳重心。

「快要到聖誕節了。」她忽然說，語氣緩和起來。

「嗯。」

「你有什麼聖誕願望嗎？」

我認真地想，卻想不出什麼。

「世界和平吧。」我說，倒也不是說謊或敷衍，「以前總覺得這種願望很空泛，現在是真心這樣想。」

「我以前也希望世界和平。」少女說，「現在比較希望宇宙大爆炸。」

我笑了，她也笑了。我不禁鬆一口氣。

「那也不壞。」我一邊說，一邊低頭在排板上記錄，然後從口袋裡掏出一粒果汁糖。

「我們來慶祝宇宙大爆炸吧。」我笑著說，放在少女的床頭，「聖誕快樂。」

我微笑離去。事實是我累了；之後還有十幾個病人等著我。我必須確保自己起碼的能量。再次經過走廊時，冷帽婆婆已經不見了；窗外，好幾個病人在陽光中散步，試探著蠕動，慢慢地伸展彎曲已久的背脊。他們有的躺在花圃邊的石階上，有的躺在長椅上，有的躺在草地中間的石板上，感受紫外線的熱度。遠遠看去，這些穿著米白色袍子的院友，像一塊塊烙餅——行色匆匆的上帝不小心把他們從長袍的袖裡掉下來，四散於醫院各處。這些烙餅在溫暖的陽光中看起來柔軟，散發著似有還無的烤烘味。他們已經被上帝遺忘了，所以活得較為輕鬆。

「你有沒有想過，少女不願意吃藥，不是因為副作用？」白平說。我們坐在探訪大堂上，看著某個病人站在中間發表演說。

「那是為了什麼？」

「可能因為她不想離開醫院。」白平聳聳肩，「我很明白這種心情。」

「為什麼呢？能告訴我你的想法嗎？」

白平貌似認真地想了一會。

「謝謝耐心等候。」他說，「每隔一段時間，我便會思考出院這個問題。」

「坦白說，你的病情並不嚴重。我不認為你要在這裡待一輩子。」

「在這裡待一輩子並沒有什麼不好。」

「病人都希望能出院，不是嗎？」

「大部分如此。」白平點點頭，「但我不是。」

「為什麼呢？」

「為什麼不呢？」

我無聲地嘆了口氣。跟白平談天有時挺累的。

「坦白說，在這裡住太久，人會失去鬥志。」我努力嘗試，「你有沒有想過，可以過上好一點的日子？」

「好日子是好人過的。」白平把眼光投向遠方，「我看這位年輕的小姐是個好人，她只是未準備好罷了。」

事實上，在精神病醫學的範疇中，沒有「好人」這回事，包括醫生。

「那麼，你呢？」我問。

「我覺得這裡挺好的。飲食雖無味但總算有菜有飯。早睡早起再好不過了。」

「我從沒見過像你這樣的病人。」我說，「人人都想出去，只有你想留下。外面的世界自由多了，不是嗎？」

「如果外面有這麼好，精神病院就沒有病人了。」

我似乎無法否定白平的話。

「不過，據我看來，最瘋狂的人並不在醫院裡。」白平望著還在演說的年輕的病人，那神情像個慈祥的，經驗老到的中學老師，「最瘋狂的人都在外面。那些以為自己能改變世界的人。他們多希望世界持續崩壞，這樣的世界才是他們的舞台。」

「我想他並沒有以為自己能拯救世界，」我覺得，白平對於病友可以多一點同理心，「他只是一時無法處理腦袋中各種混亂的想法而已。」

「天才往往患有精神病，但患有精神病的不代表是天才。」白平不理會我。事實上他只說自己想說的。「可惜的是有自知之明的人不多。我妻子就是那種自以為事的人，常常以為自己是救世者。」

我意識到自己再次掉進白平的圈套中。

「可是她畢竟在做自己認為有意義的事。」我說。

「反正世界就是被這種人搞砸的。如果大家都能先管好自己，少理閒事，我想這個世界百分之七十的問題都能解決，連戰爭也可以避免。」

「你說的只是假設罷了。」

「科學也是先從假設而來的，對嗎？胡適說，大膽假設，小心求證。」

我本來想答「胡適又不是科學家」，但對於白平這種似是而非的胡扯實在厭倦了。於是我看看手表。

「胡適是文學家。」白平繼續自言自語，「文人和科學家是一樣的，都以為自己能拯救世界。當醫生最好，至少藥物能減輕痛苦。」

「我沒想過拯救世界。」我不得不為自己辯解，「醫學院第一年，教授就告訴我們，不要以為自己能醫治所有病人。」

白平看著我。

「辛苦了。」白平微微一笑，「知道自己能力有限，同時堅持下去，對於閣下的精神，本人深表敬意。」

白平站起來，轉身離去。經過大門的時候，他把口袋裡的手抽出來，跟保安揮手。他在這裡人緣的確不錯。

事情發生的那天，是聖誕節剛過去的一個早上。那個早上我分外的睏；之前一夜的睡眠質素太差，我好像只是在沙漠火辣的地面上躺了一下。我焦躁地等待著沙子把我深埋地下，那裡清涼、黑暗，能逃避烈日的烈火。然而沒有。沙對我不感興趣。沙裡的蠍子與毒蟲對我也不感興趣。

護士的腳步聲讓我回過神來。

「醫生。」

她再也沒有說什麼。然而她的神情已告訴我一切。

到達病房時，他們已經把少女放在床上。已經叫救護車了，護士說。然而誰都知道沒作用了。

沒有人能再做什麼。

也許，是因為，她很失望。聖誕老人來過了，送給她一道頸上的勒痕。宇宙大爆炸並沒有發生。

那一日的下午，白平主動來找我。他彎下腰，瘦如柴枝的雙手撐著膝蓋上，瞪著眼白發黃的眼睛，盯著我。那姿勢，像在研究一隻被困在籠裡的，受傷的猩猩。

「你還好嗎？」白平問。

「謝謝。」我說，「我沒事。」

我沒有掩飾我的敷衍。經過早上的事情，我連僅餘的腎上腺素也耗盡了。現在我只想倒在隨便一張病床上沉睡。然而為病人傷感的醫生是不專業的。於是我只能繼續工作，繼續保持禮貌與微笑跟病人對話。

白平看著我。

「你在怪責自己嗎？」白平又問。

「還好。」我說。事實是，我有過這樣的心理準備。我甚至有過這樣的經驗。讀書時，教授已經說過：醫生不是上帝。有些事，你不能預測，有更多的事你預測了也不能阻止。醫生能做的，是做好自己的本分，其他事是病人自己的決定。

「你應該相信她的。」白平並沒有打算放過我，「她說想死的時候，你應該相信她並不是為了唬嚇你。」

「我沒有說她唬嚇我。」我勉強把眼皮撐開，「相反，我一直期待她康復。」

「你真的認為她會康復嗎？」白平平靜地反問，「一開始你就知道她不會好的。像她這種嚴重的患者，即使病情好轉也算不上正常人吧。你期望她離開醫院，現在不就是如願以償了嗎？」

我看著白平，一直看著他。他也一直看著我，彷彿等待我下一個行動。我明知他給我設的是個圈套；如同死去的少女一樣，白平要攻擊的人不是我，而是他自己。我的腦海中出現一個場面：我看見自己捏著白平的頸子；我看見白平因為喉嚨受力大聲咳嗽起來；那當中包含著笑聲，是對世界的恥笑。

那可能是對白平唯一的治療。

我轉身離去。

我把白平留在身後。或許他會找到下一個聽眾，或許不。我終於明白，像他那樣的人，這一生也不會康復——因為，他一早已經死了。

PEOPLE
TO READ

farewell
&
together

路過蜻蜓

祥坐在客廳中，慢慢地，呷了口普洱茶。年輕的時候，他喝冰齋啡[1]，更愛喝啤酒，支裝的，從冰箱裡抽出來，冷得人牙關發麻那種。以前，他和他的工友在大學開工，午餐就在學生飯堂解決，燒味飯，再來一支凍啤酒，又大碟又便宜；一群一群青春少艾在身旁穿梭往來，祥有一剎那誤以為自己也是大學生的一分子——後來，管工就不讓他們喝了，說什麼職安健要緊。職安健？打從成為地盤工人那天起，他的命從來就沒值錢過。

值錢的命換來的是生活；不值錢的命換來的就只有錢。

1 冰齋啡：黑咖啡。

祥並不介意。好醜命生成，況且他自食其力，沒什麼輸給別人。坐在大學飯堂裡，十個八個工人占了一張大圓桌，汗味臭氣，滿臉泥塵，在大學生堆裡說說笑笑粗口橫飛；但至少，他們懂得很多大學生不懂的，例如搭棚、扎鐵、混英泥。祥覺得學生也沒有看不起他們。大家各自過各自的活，挺好。

那是以前的日子。祥曾經以為，這樣的日子，會一直過下去。

他當然知道賣氣力賣不了一世。從前的祥是個有打算的人。

入行不久他就買了一份儲蓄基金——做地盤的不太能買到醫療意外保險，他也不期望保險公司真能幫助他。最重要當然是申請公屋；租金平，不用交管理費，停電停水打個電話到房署便有人上門維修；不隨便加租迫遷。祥覺得住公屋好過中六合彩。收到上樓通知的那一天，他請工友食燒鵝，大家也沒跟他客氣，坐上貨 Van 直驅深井大排檔。這餐飯由黃昏食到晚，太陽逐漸收歛了光芒，淺白色的新月綴在寶藍色的天空上，旁邊一顆光亮的星，不閃的，祥記得小學的邱老師說過那是金星。那是他整個讀書生涯中，唯一會跟他說說笑笑的老師。到現在他還記得邱老師的臉，胖胖的，戴著黑框眼鏡。邱老師還跟他說做人要誠實、要正直。四年級的祥其實不太明白「正直」

的意思，總之邱老師說的就是對的。正直地開工、正直地生活、正直地上了公屋，祥覺得老師所說大概就是如此。

後來老師沒來上課。祥聽到其他同學說老師病了。之後，邱老師回來過一段短日子，胖胖的臉瘦了一整圈。再之後，邱老師消失了。祥知道他永遠不會再回來。沒有人向他們解釋過什麼。沒有人再提過邱老師——會不會其實有，只是我忘記了呢？祥沒法證實。

那已經是很多年前的事了。祥又呷了一口茶。那只是廉價的茶葉，苦。

到了日頭差不多過去時，祥放下茶杯，站起來，落街買餸。一個人食，祥還是天天買餸煮飯。這是他對生活唯一的堅持。現在，祥當清潔工，一更九個半鐘；煮一次，吃一餐，帶兩餐飯上班；夏天的時候，第二餐的菜有點怪味。但再怪的飯菜也到底是自己煮的，比外面吃衞生，祥相信。每次他都默默地把瀕臨變壞的飯菜吃掉，倒也從來沒肚痛過。

在裡面的日子太長了。祥看著自己的肌肉逐點流失。他們一人配給一對俗稱「白飯魚」的膠底布鞋，放風的時候，祥會跑步，做幾下掌上壓。然而這種程度的運動，畢竟與地盤工作相差太遠；大部分時間，他們在室內，開工的話是熨衣、摺信封、油路牌；不然就參加一些興趣班，學外語、畫畫。祥對這些沒興趣，不過能參與的他都參與，在眾人面前顯出一點興味，好讓日子易過些。由頭到尾祥都不認為自己做錯什麼，因此也沒必要為難自己。

起初的一年，蓮有來看他。知道他出事後，蓮哭了很久：我不相信你會做這些事，你不是犯事的人。祥解釋了很久：是的，我的確沒做過什麼，就不過是在某一個晚上，出現在事發的現場；他不後悔，因為是他自己要去的。他在那裡，純粹就是想看看有什麼能幫忙，搬搬抬抬是他的專長。

「你為什麼不早跟我說。」蓮把眼都哭腫了，「如果你早告訴我，我一定不讓你去。」

我就是知道你不會讓我去，才不告訴你，祥想。

「明知道危險，你去來作什麼。」蓮又說，「萬一你坐監了，怎麼辦呢？」

蓮以為，坐監就是最壞的結果了。哭過之後，她託朋友介紹律師，然後把存摺交給阿祥。

「你之前叫我儲起的錢，都在這裡了。」蓮說，「我們找個好律師，幫你打官司，好不好？」

祥覺得有點煩。

「我會找法律援助處。他們的律師不用錢。這些錢是我給你的，你收好，不要隨便拿出來。」

「可是如果你坐監，我們怎麼辦呢？」蓮根本無法把他的話聽進去，「我們叫律師求求情，就說你受人唆擺，新聞看太多。」

祥抽了一口菸——他本來不抽菸的。現在，他發現，當無法回答蓮的問題時，最好的方法就是把香菸塞進嘴巴裡。

祥還記得，上庭的時候，蓮每次都坐在最後排；她總是穿著同一件襯衣，桃紅色的，好讓祥到哪裡都能看見她。不用每次都來，祥說。也不用抄筆記，你又不是律師，抄下來又怎樣呢？又不懂分析。祥說。他想起在大學開工的日子，那裡頭應該有法律系的學生——或許他們曾經在同一個飯堂吃同一款燒味飯，又或許他們在同一個法庭上的同一個被告欄裡站著。或許命運讓他們產生了那麼一點點的連繫，像蜻蜓，在水面上掠過。

蓮也是他生命中的水，流動的。又或許，流動的是命運，流得太快了，他和蓮最終只能被水流各自沖往不同的方向，不再交集。

魚攤上的魚以被剖開的身體迎向半空。心、鰓、肺、肉身，一半不見了，一半在祥的眼前跳動。他覺得那些傷口永遠都不會埋合。祥快步走過。

「祥哥！」

噢。

「祥哥！」貞從魚檔後走出來，「好久不見了啊。」

祥在遲疑中停下腳步。

「啊，早晨。」他也想不到別的話。

「我給你留了鯇魚尾，」貞伸出手，然後想起自己戴著的膠手套滿是魚腥魚血，連忙脫下來丟在砧板上，「你跟我來。」

貞的語氣十分堅定，好像祥絕不可能拒絕。事實上祥也沒有拒絕，走在貞的後面。貞比祥矮一點，一條大馬尾從棒球帽後面放下來。貞喜歡戴棒球帽，每天換不同的帽子。今天是棗紅色的。

「早晨啊！」

「早晨啊陳師奶！」

「早晨啊！」

貞匆匆忙忙地跟顧客們打招呼，祥只好跟著笑笑。菜檔與雜貨店之間是一道閘，唐樓的入口，他們沿著樓梯來到三樓，那是貞的家。

「你等等，好快，」貞走進廚房，「熱一熱就能喝。」

祥拉上鐵閘，由大門打開，站在客廳中間。

「你坐呀。」貞還在廚房裡，「很快。」

祥唯唯諾諾地坐下來，把手上的一袋青菜放在地板上。貞一個人住，養了一隻彩雀。祥折了一葉菜，走到雀籠前餵飼。彩雀站在籠裡的欄杆上，側起頭，好奇地望著他。

「你不認得我？」祥笑著嘀咕，「上次的粟米不甜？」

「好了。」貞從廚房裡端出熱湯，「鯇魚尾煲花生木瓜。」

祥依言在飯桌前坐下。鯇魚的尾巴從湯碗裡伸出，如同遊客區中那些十步一個的雕塑。

「這鳥，今早吃過了。」貞把窗簾拉開，好讓鳥晒到太陽。

「牠吃什麼？」

「雀粟。」

「下次我再給牠帶些新鮮粟米來。」

「誰有空服侍牠了。」貞用手指逗弄著鳥，「啊？是不是？嘴刁到死。」

祥向湯吹氣，慢慢地喝著。

「甜嗎？」貞又走過來坐下。

「甜。」

「真奇怪呀，」貞看著祥，「湯明明是鹹的，為什麼變了甜的呢？」

貞常常會提出這種莫名其妙的問題，祥也不知道該怎樣回答。他覺得貞會突然間很天真；但他也告訴自己，一個死了老公，在街市裡搵食的女人，不可能太天真。祥搖搖頭，覺得自己想得太多了。貞的過去跟他有什麼關係呢？貞的未來也可能跟他沒關係。他們就是比較要好的朋友，這樣而已。

「你不喝嗎？」祥吃著魚尾，含糊地說。

「我有呀，今晚收工才喝。」

祥舉起碗，把最後一口湯喝完，滿足地舔了舔嘴。他自己很少煲湯。平時一星期開六日工，沒時間。

「我下星期再煲。」貞高興地收拾碗筷，「我叫豬肉榮留件西施骨。」

「不要太麻煩。」

「不麻煩，我自己也喝。」貞曾經告訴祥，身體一向不算好，她的母親固執地相信多喝湯水有作用。

喝過湯，他們離開。貞的馬尾又在祥面前擺動。祥提醒自己：下次記得帶粟米來。

這陣子，清潔公司在會展開工。那兒有個展銷會，什麼都賣：玩具啦、衣服啦，也有點心，芒果糯米糍之類。他們就在會場上等，處理意外倒瀉的果汁；晚上，攤檔收工，他們才吸塵、清潔狼藉的廁所，收拾被撕下來的海報和地上的單張。離開時，通常已十點多，會展樓下的地盤已經收工；祥看著黑漆漆的工地和靜止的吊臂，覺得鬆了一口氣。他再也沒有跟以前的工友聯絡；的確，有那麼三兩次，有人來看過他。但赤柱實在太遠了，定罪後，一個月才兩次探期，多數人都要開工。他也收過三兩封信，是一些不認識的人寫給他的，零落地，抄了些網上的笑話和流行歌歌詞。祥向來不太懂這些，也沒有回信。地盤工人拿的是鐵筆，不是原子筆。

蓮每個月都來，帶上指定的零食。每次十五分鐘，裡面的和出面的在膠板兩邊一字排開，靜待計時器開始倒數然後同一時間拿起聽筒。冷不冷？熱不熱？睡得好嗎？他們面對著面，急切地把珍貴的十五分鐘填滿；於是，每次的對話，更像事先預備的演說，各自按講稿報告。祥在裡面的生活，其實沒什麼改變可言，頂多就是調倉，調室友；剛進去的時候，要適應四圍爬的甲甴[2]，沒有門的公共蹲廁；天氣悶熱的時候，汗流得人像水裡撈出來……這些，祥都沒有說。他只告訴她：同倉的有一個牧師，話多得有點煩；每日放風時間會到操場運動，身體挺好的；香菸太貴，戒了，不用買來，你把錢儲起吧。說這話的時候，祥隱隱知道，這點錢是他給蓮的補償；他不

2 甲甴：蟑螂。

希望她等。他也不想她等。

出來後，祥發現蓮把一半的錢還給了他。從頭到尾祥都知道，是自己對她不住；本來他們說好了，再儲一年錢便結婚。

他有想像過，如果在街上遇見蓮，該說些什麼。只是這晚，他遇見的不是蓮。過馬路的時候，一個熟悉的身影擦肩而過，祥還沒來得及想起些什麼，背後的聲音便叫住他：「阿祥？」

祥回頭，在燃點的香菸的橙色光中看見強。皮膚好像更黑了，眼睛和以前一樣的大。

他們站在斑馬線的中間對望了一會。

「嗨！」強走到祥的那邊，後面一輛的士高速掠過。

「喂，你，」強往祥身上上下打量，「點呀[3]？幾好？」

祥只好點點頭。

「收工？」強問。祥又點點頭。

3 點呀：如何。

「係邊度做嘢呀？」
祥指指會展。
「都係吊臂車？」
「不是，」祥說，「我而家做清潔。」
強看他一眼，用力地吸了一口菸；火光忽然亮起，然後迅速熄滅。
強用力地把菸蒂丟在地上。
「走啦，」他拉著祥，「去食宵夜。」

夜歸的電車發出「叮——叮——」響；那是遊客坐的觀光電車，上層無頂，車身塗上新淨的復古花樣，在和昌大押前駛過。祥覺得那是一幅超現實的照片；現實就是，他不太知道應該跟強說些什麼。強應該算是他做地盤時最投契的工友了，大概是因為兩個都話少；一年有一兩次，他們會一起到水塘釣魚。說是釣魚，其實沒什麼收穫，大多數時候，兩個男人只是對著水面發呆。水邊的陽光教人舒適，空氣裡沒有任何聲音，那是跟地盤完全不同的世界。祥上法庭的時候，強來過一兩次，坐在旁聽席上；後來祥進去了，強也來過一次。

「赤柱太遠，我未必可以成日嚟。」強說，「你有咩需要，同阿蓮講，我會揾佢。」

祥不知道強有沒有聯絡蓮；他沒有問。沒有人虧欠他。他也不想虧欠誰。

強已經過馬路了。祥站在對面的電車站，等候埋站的電車離開。電車駛走了，祥看見強在騎樓底下，又點起了一支菸，低著頭，看著路面。

強領祥到後街的一間店坐下，熟練地點了幾樣菜。

「啤酒？」

「嗯……」祥想了想，「好。」

他已經很久沒喝啤酒了。一個人，沒有特別想喝酒的欲望。

餸菜和啤酒都來了，兩人安靜地吃著。祥不太吃得出滋味；他知道不是飯菜不好的緣故。他大口喝了啖啤酒，不讓自己沉溺在感傷中。

「夠唔夠工開？」強先開口。

祥點點頭。「你地呢？」

「嘩，之前疫情，唔好提。」強搖搖頭，「最近叫做好返啲[4]。」

「其他人，點樣？」

「好多轉咗行啦，唔通真係日日坐係屋企。有啲中咗招，好返身體都差咗好多，唔夠氣，想做都做唔到[5]。」

祥默然。

「我地呢行，本來都唔會做到老架啦。」

強挾了一塊椒鹽豆腐到祥的碗裡。祥忽然明白：強想說的是轉行其實沒什麼大不了。剛炸好的豆腐燙在嘴唇邊，燙得人冒眼淚。祥又連忙灌了兩啖啤酒。

「咁……你而家……一個人住？」強問。祥知道他在問什麼。

「是的。」祥答。

強不語。

「阿嫂和細路好嗎？」祥問。強有老婆，有讀小學的孩子。

4 全句意指：最近總算好些。

5 全句意指：好多轉行了，總不能天天待在家中。有些得過病，即使康復了身體也差了很多，中氣不足，想開工也不行。

「差唔多啦。」強拿起啤酒瓶給二人添上，「衰仔，讀書懶到死，我一鬧佢，我老婆就衝出嚟鬧我：你自己讀好多書咩？」

祥不禁大笑起來。他已經許久沒大笑過了。

「我們這一代，過時了。」強把菜大把大把挾進口中，「到我仔嗰代，賣氣力都無人要了。」

吃過宵夜，強搶了帳單。

「上次隻燒鵝你請架嘛，今次我啦。」強說，「下次你啦，我電話無改。」

「那……好。」

他們往不同的方向走。走了幾步，祥回頭，看見強的背影走進光亮的地鐵站中，才確認剛才那頓宵夜不是夢。忽然間他也想抽一口菸；走進便利店才發現香菸賣一百元一包。祥想了想，只買了罐啤酒，站在街燈的光裡，看著一輛又一輛的電車駛過，慢慢地把酒喝光。

貞告訴祥，外婆九十歲大壽，要返內地的鄉下一趟。

「不如你也放幾日假，一起回去走走？」貞突然說。祥拿著湯匙的手停在半空。他不知道貞是否在暗示什麼；又或者，那純粹是貞慣常的奇怪提問。

祥不知道該怎樣回答，也不太想回答；他發覺自己已失去想像未來的能力。在裡面的日子如同人生中的斷層，把前半生累積起來的習慣、關係切割開來。以前的祥好像已經跟他無關；現在他是另一個人，以前所憑藉為生的，不再適用了。

「還要湯嗎？」貞好像已經忘記自己發出的邀請，「我放了黃耳，你多吃些。」也不等祥回答，貞便走進廚房給祥添上，出來時祥已經把前幅鑲了閃石的黑色棒球帽放在飯桌上。

「好靚啊！」貞雙眼發光，「這是名牌！我見過廣告。」

「我不知道。」祥訕訕地說，「展銷會昨天完結了，剩下很多貨品沒帶走，我猜你會喜歡這個。」

「喜歡啊！」貞放下湯碗，把帽子戴上，又把馬尾從帽子後的扣帶中整理出來，「好看嗎？」

沒等祥回答，貞又跑到廁所裡照鏡子。祥在客廳裡，看著鏡子裡貞的臉，好像比平時細了一點。

「多謝多謝！」貞盈盈笑道，「我明天就戴這個回鄉下去。冰箱裡還有半斤菜，麻煩你替我吃掉。啊，這鳥，你能替我餵幾天嗎？」

祥沒養過鳥。他看著彩雀，彩雀也側頭看著他。應該不難吧，鳥一直在籠裡，不過是定時餵食，換水，清潔大小便，就像他以前在裡面一樣。

「好。」祥走過去，提起鳥籠，貞拿來一個布罩，把籠子罩上。

「你有新鮮粟米食啦！」貞敲敲籠子，「待我回來時，不要忘記我，啊？」

祥沒有忘記貞。

過了兩個星期，祥還是沒有收到貞的聯絡；到街市看看，魚檔還是沒開。祥不覺得貞有責任向他交代行踪，但貞明明說只去幾天。彩雀還在祥的家裡等待主人。也許是她的外婆留她多玩幾日，也許是她自己想多玩幾日。又或者是，她在鄉間遇到適合的對象，不回來了。祥知道某些地方還有相親這回事。

祥走到對面的菜檔，買粟米。

「阿姐，問聲你。」祥揀了兩棵粟米，「對面魚檔阿貞，有無返來？」

菜檔的阿姐看著他，像在判斷祥的身分。很快她又低下頭來，接過祥手上的粟米，將之塞進膠袋裡。

「阿貞，走咗了。」

祥不太明白阿姐的意思。

「我本來都唔知。前兩日有幾個人嚟魚檔，拎住鎖匙開門入去執嘢，我問佢地係邊個，佢地話係阿貞係大陸既親戚，話阿貞係鄉下，食食下飯嗌心口痛，送到去醫院已經無咗了[6]。」

祥站在原地。

「我都唔信呀，我話你有咩證據，個男人打開銀包，比佢地成家人既相片我睇，佢話佢係阿貞個大佬。」阿姐又看了祥一眼，把找贖[7]塞進他手裡，「陰功呀，阿貞，咁就走咗咯……」

6 全句意指：我本來也不知道。前兩天有幾個人來魚攤，拿著鑰匙開門進去收拾事物，我問他們是誰，他們說是阿貞在大陸的親戚，說阿貞在鄉下，吃飯時忽然說心口痛，送到醫院時人已沒了。
7 找贖：找零。

祥仍然站在原地。

「要唔要蔥？」阿姐問了一次，見祥不答，又大聲多問一次。祥沒有回答，走了。彩雀餓了，要回去餵食。

平日的水塘沒什麼遊人，樹蔭落在平坦的路上，蟬聲滲進風中；太陽光下四周像加了濾鏡的攝影鏡頭，分外的耀眼與白。祥聽見自己的呼吸聲；釣魚的工具不知塞進哪一個角度，找不到也就放棄了；他只是想獨自走走。

祥聽到一下鳥叫，抬頭一看，一隻長尾巴的藍色的鳥從樹冠裡飛出，飛上半空，消失在不遠處的叢林中；祥的目光追著鳥，卻又見到兩隻蜻蜓，停留在平靜的水面上，展開身上那透明而脆弱的翅膀——邱老師說的，「點水蜻蜓款款飛」；原來，蜻蜓必須不斷高速地拍動雙翼，才能讓自己不掉在水中，才可以泛起那麼一點點的漣漪。

祥現在才明白，那是多麼吃力的一回事，像活著本身。

farewell
&
together

紅蝴蝶

這個城市人來人往。我們總是錯過一些人，遇上一些人；記得不必記著的，遺忘不應遺忘的。這是城市的特色。我在回家的天橋上，看見地鐵站前進進出出的、小如螻蟻的行人，想起那個已經消失的、帶著紅蝴蝶的男人。

有一段時間，他早上站在地鐵站口派傳單。遠看只以為是一個瘦小的中年婦女；然而他是個男人——至少，那是男人的樣子，男人的線條：高高的顴骨、削臉、喉核如同路邊野樹幹上的疙瘩。圓邊草帽、長直髮，小企領白色襯衣，白底紅點半截裙；瘦長乾枯的小腿。短襪搭涼鞋。

男人的鬢邊帶著一個紅蝴蝶髮夾。

「攞張睇下啦。」

我隨手把傳單接過，瞄了一眼。某工廠大廈開倉平售球鞋。

「如果有人問你傳單點得來，你就話係地鐵站拎啦。」他微笑著叮囑。一切在兩秒內發生，然後過去。我沒有停下腳步。紅蝴蝶閃進眼中。

「他是男人？」我問丈夫。

「大概是。」丈夫平靜地答。

我回頭看男人一眼。我們住的是個小區，老弱的、殘疾的、骯髒的、精神有問題的，都有。沒什麼能讓我們訝異。

「車到了。今晚見。」

車上人多。大家都衣冠楚楚，烏眉瞌睡。紅蝴蝶便在人海中消失。

自此我每隔一兩天便在上班時遇見紅蝴蝶。派傳單本不受歡迎，但他總是笑容可掬地站在那裡。

「我想起一個人。」躺在床上，我忽然說。

「唔？」丈夫的回應已矇矓。

「我的小學同學，」我繼續說，「不知他現在怎樣了。」

丈夫沒作聲，我決定說下去。

「是男同學，但動靜很古怪，說話時翹起尾指，連女同學都笑他，叫他乸型[1]。」我回憶著，「你知道，屋村的小學，總得找個嘲笑對象。」

頭顱裡傳來一下低低的笑聲；夜色裡，一張數十年前的臉浮起，大大的膠框眼鏡，眼睛很小；下巴有點兜。蒼白的臉色。有點長的瀏海薄薄地貼著特別高的額頭，反射出一點油光。

這張臉咧嘴向我微笑。

安眠藥開始產生作用；之後，或許我比丈夫更早墜入夢鄉。世上總有能依靠的事物，例如安眠藥與血清素。

1 乸型：形容男性言行舉止、穿著外型與性別角色，偏向女性傳統特徵。

醒來的早上我們在樓下的茶餐廳吃早餐。今天的茶餐廳似乎比往常熱鬧：一個三十來歲的高大的男人在我後面的卡位上大笑掭地。對面的人手臂不自然地向前拗曲，用奇怪的方式拿著叉子吃麵。他們都沒有惡意。他們在展示自己真實的一面。另一邊的女人把零錢掉在地上。她太胖，腰彎不下來。零錢躺在她的拖鞋旁邊，骯髒肥大的腳趾，長長的灰甲。這些都是奇怪的磁場，一圈又一圈地向我震蕩過來。我繼續喝我的奶茶，吃我的多士，看起來好好的。

「你還可以嗎？」丈夫問。

「還好。」我沒有說真話。我出門前沒吃鎮靜劑。我別過臉去，看見油膩的牆上爬過一隻螞蟻。螞蟻看起來比平時的大，健壯的觸角在空氣中左右撩動，不知在探測什麼。

「這裡有油炸的氣味，沙嗲牛肉的氣味，」螞蟻彷彿在說，「人的氣味，皮膚和汗的氣味。」

牠往前移動了數步，又停下來。

「我要告訴其他螞蟻。」

然後螞蟻匆匆忙忙地走了。越過這面牆大概是螞蟻的長征；可惜我看不到牠的表情——可能悲壯，也可能充滿希望。

「我讀過一本書，裡頭說，二萬五千里長征對共產黨來說是重創，但也成為日後中共迅速壯大的心理原因。」我忽然說。

「嗯？」丈夫看著我，似乎不介意我往下說。

「因為倖存者覺得虧欠了那些死去的人。」我引述作者的觀點。

「是有這種心態的，覺得自己活下來是罪過。」丈夫答。他已習慣我無端引起話題。桌面的麵包屑變成長征時經過的平原上乾枯的草頭。

「走吧。」丈夫拿起單據。大概他也知道留在這裡無甚益處。我們側身通過餐桌之間狹窄的通道；侍應阿姐正蹲下來，替胖婦拾起零錢，嘀咕她老是亂放東西。阿姐什麼也不怕。她在我所見過的人中最高深莫測。

「你知道吸菸的人如何戒菸嗎？」

我搖搖頭。

「比起改變感覺或想法，改變行為較為容易。例如，有吸菸習慣的人，可能無法減少吸菸的欲望。他們只能制止自己購買香菸的行為。」

我點點頭。

「然後，購買香菸的行為漸漸減少了，吸菸的衝動也會漸漸減退。」

我點點頭。

「情緒反應有時也是一種習慣，像吸菸。或許你無法阻止自己焦慮，但可以試試做別的事情分散注意。」

我沒有搖頭也沒有點頭。

「這樣吧，」醫生調整了坐姿，「你能告訴我，這一刻在想什麼嗎？」

「我想像自己坐在一個無人的石灘上。」我嘗試整理腦海中的畫面，「看著大海與天空。」

「天氣好嗎？」

「藍天白雲。」

「沒有其他人？」

「沒有，連一隻鳥也沒有。」我看著他。「如果可以設一個期限，我希望能坐在那裡一萬年。」

醫生笑了。我很開心能把醫生逗笑。

「一萬年的話，會有點沉悶吧。」我知道醫生們都喜歡聽什麼話。我嘗試當一個乖巧的病人。

醫生只是微笑，「何必為自己設限呢？」

「今天，要病假紙嗎？」他在病歷上撩上我看不懂的符號。

「不用了，下午有會議。同事說，最好能回去。」

醫生抬起頭，看著我。

「你聽過城西的小型精神病院嗎？」他忽然問。

「知道的。」我答，「專門關押犯罪的精神病患者的，對嗎？」

「我曾在那裡工作過一段時間……大概一年吧。」醫生放下手上的原子筆，把身體倚在椅背上，「在那裡，衡量患者是否康復或有改善的方法，你知道是什麼嗎？」

我把以前在醫生口中聽過的術語與概念從腦海中挖出來。

「復發程度？復發頻率？情緒反應？藥物反應？」

「都不是。是服從性。」

「即是……」

「要聽話，醫生讓你吃藥便吃藥，睡覺便睡覺，不要亂說話或提出意見。但也不要讓人覺得你在演戲。一切要恰到好處。」

「但這算不上治療……」

「這當然不是治療。沒有人關心那裡的病人是什麼病，或者是否真的有病。他們只想病人看起來正常，不要惹麻煩。」

「那也得先對症下藥，」我說，「病人不是故意生事的，他們是生病了。」

「謝謝你對精神病患者的理解。」醫生點點頭，「可是，讓精神病患者安靜下來，除了治療，還有另一種方法，那就是恐懼。」

「即是……」

「人有學習能力，精神病患者也不例外。單獨囚禁，打不知名的針、副作用較大的藥物，甚至單單是醫生巡房時的陣勢與態度，都在給病人傳遞信息：你應該感到恐懼。」

「於是他們就安靜下來了？」

「至少表面上如此，」醫生今天是少見的多話，「他們會從各種暗示、經歷中學習如何保護自己，最簡單的方法就是默不作聲，不讓人注意。這樣被針對的機會便會少些，幸運的話可以早些離開。」

「你因為不認同這種手法，所以離開嗎？」我問。

醫生聳聳肩，微微一笑。

「我是希望病人不要這樣對待自己。」他重新拿起原子筆，「兩星期後見。」

如果可以設一個期限，我希望在診室裡一萬年。然而已是離開的時候了；門外是沒有設限的宇宙，我在失去重力的空間艱難地向地鐵站的方向走。

「大人說話的時候，小孩子不要插嘴。」

我轉過頭，見到一名婦人帶著一個穿校服的小男孩。

「上學一定要聽老師的話。要守校規。當上了班長，要以身作則。」

小男孩不作聲。他小小的腦袋應該在運作，嘗試把婦人的話刻在大腦細胞上，當作航海的錨。

交通燈轉燈了，人潮像流水，湧到對岸去。我來不及看清他們的臉。或許他們其實沒有臉，只有健壯的觸角，在油膩的牆上爬。

我只好跟著爬上去。天空還是晴朗的，也果然沒有鳥。

「我之所以記得那位男同學，是因為他偷東西。他偷了鄰居的裙子。」

「唔？」

漆黑中，眼前出現一個畫面。

「公共屋村的人家，天氣好了便隨便把衣服晾在走廊上。」我繼續說，「那一天，我聽到對面的大姐姐嚷嚷，說晾在外面的裙子不見了。我記得那條裙，紅色的，很漂亮。」

「唔。」

「過了兩天，又有衣服不見了。終於，我聽到有人大喊：賊！有賊仔偷衫！於是鐵閘聲響起了，一下接一下，好像交響樂。」

「哦……」

「我追出去了。」我在黑暗中微笑著，旁觀自己的回憶，「反正功課已經做完，卡通片也放完，於是我便追出去，跟在幾個大人身後跑。他們追到走廊盡頭的樓梯口，把出口堵住了。我擠上去，看見他蹲在樓梯底，手裡抓著一條裙……他的眼鏡反光。」

身旁的丈夫在蠕動，大概是在被窩裡轉過身來。

「後來聽說他的父親狠狠地打了他一頓。」

「那時是會打孩子的。」丈夫說。

「他好像慣了。」腦海中，他坐在課室的角落，兩手抱著自己，手臂上一道道疤痕。

「那後來呢？」丈夫問，「後來他們是如何讓他離開的？」

「他很害怕。我看見他的下巴在打顫。他的眼鏡很大，把臉遮了一半。反光，我看不到他的眼睛。」

「那時你還小，沒能力幫助他。」丈夫把手放在我肩上，「那不是你的錯。」

「可是我的想法跟其他大人一樣。他是個怪人。我見過他把裙子穿上。」

我忽然想起來，他的確有把裙子穿上，早在別人發現之前，我已經見過了。那是一個安靜的下午；陽光漏過窗框，在地上劃下一個個細小的籠牢。我們站在各自籠牢裡。風吹過紅裙的裙擺，像飛不起的蝴蝶。

他抬起頭，看著我。越過中間幾十米的距離，他咧嘴向我微笑。

那是記憶還是夢？我無法辨別。

就在地鐵站的流動攤檔前，我又見到紅蝴蝶了。我站在攤子前看東西，然後發現他在旁邊。

「呢啲，點賣？」他指著攤上一袋袋磨好的合桃粉、芝麻粉。

「合桃粉七十蚊一斤，芝麻粉六十蚊。」阿姐的目光落在他身上，很快又轉開。

「點食呢？」

「沖水啦，放落粥度啦，好香架。」阿姐對他如同對其他人一樣，說話流暢得像部優質錄音機，「滋陰補腎。」

男人在猶豫。

「百五蚊三包比你。男女老幼都啱食。」阿姐在忙碌地執貨，手腳麻利，非常自然。

「我一個人食唔哂喎。」他笑道。

「咁每樣半斤啦！」兩包堅果粉很快便包好。他還站在那裡跟阿姐聊天。丈夫拍拍我，提醒我時間。

「真的不用請假嗎？」他問，「你昨晚睡不好。」

我搖頭。反正請了病假他們也會打電話來問這問那。

丈夫罕有地嘆了一口氣。

列車像一條高速爬行的蟲；我想像在每一次停車時，乘客從車門裡爆發出來的情境；就像某一種孢子似的，飄向四方，占據這個城市。

「最近好嗎？」醫生在開場白方面一視同仁。我想這也是專業吧。

「還好。」

「可以再多說一點嗎？」顯然，他不滿意我的回答。而我只是無力坦白而已。

我決定沉默。醫生把病歷擱在桌面的一旁，靜靜地坐著。

「剛開始當醫生的時候，病人對著我哭，我便害怕。」醫生忽然說，「那種感覺，就像當救護車護理員，第一次來到車禍現場，看見傷者滿身是血，手足無措一樣。」

我點點頭。

「漸漸地，習慣了，知道如何收拾，總有辦法讓病人平靜下來。」

我點點頭。

「後來想法又不一樣了。病人能哭、發怒、笑，都是好的，只要出於自己的意願。有什麼關係呢？病人來到這裡，表達情緒，對我來說也是一種提醒。」

「提醒什麼？」我問。

「珍惜。」他說，「每一次看見病人哭泣，我都珍惜。」

我考慮了一會，決定開口。

「病人也有病人的責任。」我說，「病是一個名稱。病人的責任是扛起這個名稱，然後放下來。」

「『扛起疾病的名稱，然後放下來』。」醫生點頭微笑起來，「我以為那是藥劑師的責任呢。」

這次我真誠地笑了。

「不管得病的原因是什麼，病人需要的只是理解與幫助。」醫生想了一想，「如果真有所謂病人的責任，那就是接受自己的病和軟弱。」

我點點頭。

「讓人看見真實的自己並不是羞恥的事。」

「醫生，」我問，「你有幫不了的病人嗎？」

「哈。」醫生的反應像聽到一個笑話，「當然有。我又不是上帝。」

我不作聲。

「醫學院第一個學期的第一課，教授便跟我們說：不要以為自己是救世主。」可能因為想起讀書時期的生活，這一刻醫生的心情似乎不錯。

「是這樣嗎？」

「後來，我遇上我第一個無法幫忙的病人。」醫生的微笑仍然掛在臉上，「那時我還是醫院的實習醫生。病人看起來穩定，要求放兩天假回家看看。我代他向高級醫生申請，得到批准。第二天，我在報紙上讀到病人跳樓身亡的新聞。」

「你難過嗎？」

「我已做足了程序。」醫生沒有回答我的問題，「只能如此。」

「這算是灑脫嗎？」

「這只是專業。」

「我想起我的一位舊同學。也許當時我能幫他一把。」我說，「至少不成為傷害他的其中一個。」

醫生拿起桌面上的原子筆，無目的地轉動，

「沒有人能改變已發生的事情。但是，也沒必要扼殺隨事情而來的感受。」他看著手上的原子筆，「如果你因此感到難過，那就好好地難過吧。」

我看著醫生背後那幅長期落下來的百葉簾；那看起來就像許多雙閉起的眼睛。我學它們一樣閉起雙眼，看見眼簾內一堆紅色黑色蔓延。

忽然睜開眼睛的時候，已經是半夜。我以為自己在泥土裡復活過來。

外面一下拉蓋掩的聲音，我彷彿看見客廳的牆頓時變成比啤酒更深的黃，映出雜物與孤獨的影子。

我揭開窗簾一角；外面風很大，樹冠怒不可遏地擺動。這樣的晚上是沒有雲的，雲都吹散了，幾顆星星發出微弱的光芒。

我看見一雙翼拍過。據說，樹上有蝙蝠。

但也可能是一隻紅蝴蝶？我想。

farewell
&
together

熱辣辣

這是一個炎熱的晚上，也是一個難得的、寧靜的週末晚上。徐先生往赴同僚的喜宴；中三的孩子參加學校的宿營。於是，客廳忽然顯得有些大了。摺好衣服、抹了地，抬起頭，徐太太站在燈下，一時不知道要幹些什麼；就像一個人忽然得到一筆不多不少的金錢，總有點不知所措。

她忽然想吃。熱的，辣的，紅油抄手、貴刁、麻婆豆腐、水煮茄子……徐先生和孩子不喜歡吃辣，徐太太已許久沒做過這些菜了。她是烹飪高手，尤其愛辣。和他們吃飯時，她只能點市售的辣椒醬。鹹、油、不香。這個晚上，徐太太要煮她最拿手的紅油抄手，自己擀餃子皮、自己調辣油，自己一個吃。

廚房沒有冷氣，只開了窗。風吹進來，拂在徐太太後頸上，有點癢癢的。昏黃的燈光下，她把麵粉倒進大盤子中，然後加進暖水；水要逐點加，不能太多也不能太少，這是經驗，經過無數次失敗後的經驗。手伸進去，指尖有節奏地抓動：前，後，前，後。半乾的粉逃不出徐太太的掌心，她會伸長手指把它們抓回來，和進溼潤的麵團中，融成一體。漸漸地麵團成形了，溼、滑、圓潤。擱一回，讓它發酵。然後踩碎豆卜——高中的某一天，徐太太吃了一塊排骨，一下子嘔心，全吐出來，便不再吃肉了。同學笑她是佛祖托世，是觀世音。她們讀天主教女校，這些話只能躲在女廁裡悄悄說，修女聽到要罵的。

想起這些，徐太太不自覺地微笑。她家裡也是天主教的。後來她終於在朋友家裡見到一尊觀音像——白色的，圓潤的面，單眼皮微微垂下，指尖拈著柳枝，佇立在白色蓮花上。她走近去看，覺得很親切，想帶一尊回家。可是徐先生也是天主教徒。他和她原本在天主教聯校舞會上認識。

徐太太沒法帶回家的事物還有很多。譬如說，街口那隻貓，因為徐先生對貓毛敏感。她看中的那條長裙，因為已經不合年紀了。還有她的名字。徐太太有一個美麗的名字叫「百靈」，百靈是一種草原上的鳥，飛得很高，人們往往只聽見牠的聲音，而看不見牠的踪影。讀書的時候，徐先生也是叫她「百靈」的。還有她的同學、朋友。婚後跟徐先生返教會，百靈就變成徐太太了。

麵團漸漸定形了，徐太太提醒自己別用力，不然會起筋，不好吃。

那時大學規定通識科中得有些理科的科目，徐先生就有時替她做功課，她反過來給徐先生做英文科習作。啊對了，還有英傑。英傑常常笑道：可惜我幫不上忙。因為英傑是體育系的，不能代替其他人上陣，其他人也沒法代替他。於是百靈常常見他在游泳池中練習，一個塘又一個塘。比起魚，百靈覺得他更像一隻鳥，因為英傑游泳的姿態很安靜，輕輕划過水面，沒濺起什麼水花。

回憶裡沒什麼聲音。

徐太太再緩緩地添了些暖水；水在指縫間流過，癢癢的。百靈不自覺地翹起尾指，像戲曲上的造手。

啟邦——就是徐先生——與英傑中學起便是好朋友。百靈和啟邦一起了，自然也常和英傑一起。百靈和啟邦都是愛靜的。只得兩人的時候，往往沉默相對，倒也無事；只是有英傑在場的話，啟邦也變得風趣起來；百靈在旁邊看他們互相取笑，聽他們說些男生間的無聊笑話甚至粗話，心情也開朗些，覺得自己有幸獲邀，請成為某個陌生有趣的世界的賓客。百靈一向對男孩之間的溝通方式與術語沒什麼概念，她不搭嘴，在旁邊微微地笑，適當的時候也掩嘴大笑起來。啟邦和英傑有了捧場的觀眾，笑話也就說得更落力了。

泳池邊的風帶著水氣，拂過年輕的手臂。百靈留意到自己的手臂有幾點雀斑，不覺伸手點一點。抬起頭，她發現英傑的目光剛好迴避過去。麵團的紋理有點變了。徐太太抽出手，把麵團捧起，將之撫平成圓球。風又再拂過她的頸後。

大學宿舍是個想像力最豐富的地方。冬天，他們用電飯煲打邊爐[1]。代代相傳的宿舍知識，把木筷子插進煲底的熱力感應器中使之暫時失靈，不必生火也可滾起湯水。在進大學之前，百靈是個不犯規的孩子；對於宿舍，尤其是男生宿舍的種種怪事，只好抱著好奇與學習的心態面對；她以為會看見性感女模的海報、色情雜誌、堆積如山的髒碗碟……倒也不至於此。她跟在啟邦後面走進英傑的房間，看得出是收拾

1 打邊爐：煮火鍋。

過的，就是窗邊還掛著一件白襯衣。

「乾了，」百靈把襯衣的袖口輕輕捏在手中，「收下來吧，不然熏上沙嗲味。」

「啊，謝謝。」英傑背著她，把借來的摺櫈打開，「放在床上好了。」

百靈把襯衣從衣架上拿下來，坐在床沿摺好，把領口翻過來時，她看到自己長長的指尖。剛風乾透的白襯衣，摸上去很清爽。

「洗好菜了！」啟邦的聲音從門外傳來，百靈迅速站起來。

「好！」英傑笑著拍一拍手，「打邊爐，就是要人多才熱鬧。」

「才我們三個，也不算多吧。」百靈說。

啟邦手裡拿著筲箕，把下巴點向英傑，「平時他一個人吃晚餐嘛。他的同房老不回來。」

「況且不是隨便找個人便能一起打邊爐呀，」英傑在數筷子，「吃著吃著，公筷乸筷分不清了，一大窩混在一起。」

「什麼公筷乸筷，」百靈莞爾，看著他，「怪不得你數筷子的樣子這樣嚴肅。」

啟邦看著英傑。英傑看著百靈。三個人都笑了。

學生窮，沒什麼名貴食材，但百靈記得那個晚上很開心。方型的摺檯，啟邦坐在她的對面，英傑坐在二人中間，像會議的主席。兩個男的啤酒喝了一罐又一罐；百靈只緩緩地用玻璃杯呷著。她知道自己不是喝酒的材料。在琥珀色的液體中，她看見的世界鑲了金邊，時而閃爍光芒，然後，化作泡沫。

那個晚上百靈還是十二點前離開了。啟邦說要送她回去，百靈卻讓他留下來。還有東西未吃完啊，她說，你得幫忙吃光。啟邦正在興頭上，其實不願走。

「其實也不怕，舍監昨晚才打過蛇。」啟邦說，「要不，乾脆明早才走。」

「怎可以？」百靈吃了一驚，然後叫自己鎮定，「你們繼續吧，明天記得起來上課。」

啟邦不作聲。英傑低下頭，把辣油倒進碗裡，像澆花似的。

「別擔心，女生宿舍就在對面。」百靈站在門口，「你從窗口看過去，我一進房間便開燈。」

「好吧。」

於是百靈悄悄地走了。後樓梯轉彎再轉彎，非常長，轉得人頭暈。她往下看，只見一個個白色的旋渦。我在哪裡見過？百靈想，但想不起來。她覺得自己像一頭誤闖虎域的小鹿，終於窺準時機逃脫了，連她自己都覺得不可思議。

回到自己的房間，百靈開了燈；對面有人朝她揮手。她拉上窗簾，關燈，把衣服換下來，又回到窗前。從簾後看過去，對面的宿舍只得幾個窗戶有燈。畢竟已是夜深了；晚風吹透窗簾，吹到百靈的手臂與肩膊上，讓她的毛孔一下子張開，如同剛打開的，湧出氣泡的汽水。大半杯啤酒已足夠讓百靈雙頰發燙；許是剛才太興奮了，百靈累極，卻毫無睡意，腦袋塞滿聲音與燈光。

翌日再見到，男孩們還是精神奕奕，倒是百靈的黑眼圈跑出來了，見到他們掩著眼睛笑。英傑一個人吃飯也悶，啟邦又不好撇下百靈，這樣的三人晚飯漸漸成為習慣。有時是百靈煮好兩餸一湯，由女生宿舍拿過去。三兩個學期下來，有些宿生也就認得百靈了，見到她點頭招呼。碰巧有人從浴室出來，只穿短褲，見了百靈嚇得往後退一步，百靈只好裝作看不見。

這一天，學期完結了，大部分宿生都回家了，英傑卻留在學校練習。他是校隊，準備參加比賽。英傑喜歡吃辣，百靈便決定煮餃子，素葷兩式餡料，辣油另上，多多的蔥花。學校的超級市場就在泳池旁邊。百靈買好菜，經過泳池邊，英傑剛好游了一程，揭起潛泳鏡，跟她揚揚手，又轉身往另一端游去。十二月中，五時過後天便昏暗；泳池的白燈把池水照藍，像冰一樣藍。英傑在這冰水中划著手，好像一點也不冷。風先是經過山，經過山上的樹，穿過樹上的葉子，沾上了葉上的水分，再掠過池面，掠過空中的水花，吹到岸上……百靈匆匆走了，趕回女生宿舍搓餃子皮。公共廚房沒有人用，她可以獨自占據流理台，專心地工作。麵粉在砧板上堆成小山丘，山頂圍成一個小洞；水緩緩倒進去，很快，山丘便崩塌了，像遇上洪流一樣歪斜下流；百靈把手指尖伸進去，暖的，滑的，黏的，溼的。她的手在裡頭等了一會，才把水和粉混在一起，讓它們結合，成為麵團，暖的、滑的。漸漸她添了力道，用掌心，手腕，把團壓下去，翻過來，再壓下去，再翻過來……麵團在手裡暗暗地隨搓揉的節奏彈動，像拒絕，像迎接。百靈不由得笑了；她對一切感到很滿意。

那天晚上的餃子宴大家吃得開心。飯桌上，英傑問他倆，假期有什麼節目。

「星期五到梅窩過一晚。」啟邦答，「她沒見過牛。」

英傑被辣椒油嗆到了，咳了兩聲。

「你呢？」啟邦問。

「練習。」英傑答，「運動員的生涯就是練習、練習、練習。星期六比賽，之前我要留在這裡，不能分心。」

「好可憐。」百靈忍不住說。

「你聽他的。」，啟邦笑道，「泳池邊那幾個女孩，分明在看你。」

百靈記得那幾個女孩，其中一個愛穿紅的。但想不起她們的臉。

「英傑。」百靈忽然開口。

英傑看著她，彷彿有點詫異。

「門後那張海報，是什麼？」

啟邦向門口那邊望過去，自己哈哈大笑起來：「咦，不是泳衣女星嗎？我以為你熱愛游泳。」

英傑沒搭腔，站起來從書櫃上拿了一盒光碟，遞給百靈。

《Sgt. Pepper's Lonely Hearts Club Band》，百靈讀出光碟的名字，「有趣的名字。」

「你不認得那是披頭四嗎？」，英傑指著封面上的人臉，語氣有點凶，「沒見過牛，披頭四總聽過吧？」

百靈坐在那裡，抬起頭，發現英傑就站在旁邊。燈光從他的臉旁溢出來了，像太陽下的希臘神像。百靈想像自己的臉已被神像的影子完全遮蓋了。那是日蝕。

「我知道披頭四。」百靈平靜地抬起頭。

英傑從百靈手上接回光碟。

「我以為你只懂聖詩。」他背著她，打開唱機，「海報講的是這首歌。」

Picture yourself in a boat on a river
With tangerine trees and marmalade skies
Somebody calls you, you answer quite slowly
A girl with kaleidoscope eyes
Cellophane flowers of yellow and green
Towering over your head
Look for the girl with the sun in her eyes

And she's gone

Lucy in the sky with diamonds

Lucy in the sky with diamonds

Lucy in the sky with diamonds

Follow her down to a bridge by a fountain

Where rocking horse people eat marshmallow pies

Everyone smiles as you drift past the flowers

That grow so incredibly high

Newspaper taxis appear on the shore

Waiting to take you away

Climb in the back with your head in the clouds

And you're gone

Lucy in the sky with diamonds

Lucy in the sky with diamonds

Lucy in the sky with diamonds
Picture yourself on a train in a station
With plasticine porters with looking glass ties
Suddenly someone is there at the turnstile
The girl with the kaleidoscope eyes

「這什麼歌詞？」啟邦挾起一隻餃子。百靈看他一眼，知道他不期待答案，便微笑起來。

「這首歌講迷幻藥。」英傑還是答了。

「你是披頭四歌迷？」百靈問。

「別唬人了，」啟邦指著英傑，「我從沒見過他聽英文歌。」

「最近才開始聽，」英傑這才寬容些，「想學好英文。我想考美國大學的獎學金。」

百靈和啟邦的筷子同時在空中停頓。只有英傑一個人在吃。

「在香港，運動員沒什麼出路，」英傑又滿滿的沾上辣油，「如果星期六的比賽能拿個獎項，又多幾分把握。」

「嗯。」啟邦先開口，「這也是理。」

英傑忙忙地咀嚼，沒作聲。

「她滿櫃英文小說。」啟邦又說，「你叫她借給你。」

英傑看百靈一眼。百靈站起來。

「我去燒水泡茶。你們慢慢聊」

他們沒有阻止。百靈走到樓下的草地，坐在石椅上。她知道這個時候他倆要好好的聊聊。夜裡的空氣在灌木叢中緩緩地滲出涼意，百靈把外套留在英傑的房間了；餃子湯、蔥花和辣椒油在嘴巴裡發燙，她一點也不覺得冷。一隻蟋蟀就在百靈身後的草叢叫。牠躲在哪裡？黑暗中，百靈一眼就把牠看到了。蟋蟀伏在長長的草尖上，悄悄抖動觸鬚，像靈動的舌尖，用最小的動作撩動聲響。百靈的心被撩得空落落的；滾熱的食物把秋夜燒穿了一個大洞，成為圓月。

往梅窩的星期五早上，百靈發高燒，躺在宿舍床上動彈不得。啟邦陪她看了校園裡的醫生，到了時候也只得離開。

「對不起，」百靈拉著啟邦的大衣衣袖，「房間你都訂好了，結果卻這般掃興。」

「用不著道歉嘛，」啟邦替她蓋好被子，「總有機會的。」

百靈看著啟邦的眼睛；他別過臉去。

「不如我送你回家吧，這裡沒有人照顧你。」啟邦說。

「不用了。」百靈咳了兩聲，「我媽會把我送急症室的。你知道她性格多緊張。」

「也是。」啟邦忍不住嘆氣，「但你獨自在這裡，我不放心。」

「我睡一覺就好。」百靈閉上眼，「你走吧。我醒來會打電話給你。」

啟邦把水瓶、水杯等放在百靈床頭。「我明早來看你。」

「嗯。」百靈轉過身去。吃過藥，她覺得有一隻手把她拉向睡眠的深淵，「替我關燈。」

然後就是「啪」的一聲，門關上了。世界忽然掉進靜謐與漆黑中。百靈覺得自己是地殼核心的熔岩，以自己的身軀作燃料：火燒成炭、炭再成灰，灰重燃成火……

百靈躺在那裡，任由自己掉進火熱的夢中。她把手伸到褥子下金屬床架，握著，冰涼的，圓滑的，像觀音。

再醒來時，百靈覺得已經歷了一次輪迴，在火的洗禮下成為一個新的人。她坐起來，手插進頭髮裡，全是汗。棉上衣貼在背脊上，溼的。

她給自己灌了一大杯冷水，清醒過來，忽然覺得自己精神多了。窗簾沒拉上；窗外的月亮已經很低了，蟋蟀在叫。百靈非常肚餓——大概高燒把所有燃料都燒盡了。她想吃辣。辣辣的。紅油抄手，麻婆豆腐，水煮茄子⋯⋯

宿舍對面的房間亮著一點燈。

百靈在漆黑中用腳尖找著膠鞋，順手牽上母親送的白色披肩。她想吃辣。

她開了燈，又關上了，再開。這樣好幾次。

終於，宿舍對面的燈熄了。

百靈匆匆出門。走廊的燈刺眼，但已沒什麼能阻止她了。這時候碰上誰她都不會在乎，不會解釋。事實上她並沒有碰上誰。

一如所料，門沒有上鎖，百靈一推便開了。由光芒處回到黑暗，百靈的眼睛一時間什麼也看不見，只見到本來打開的窗簾已拉上。門一關，便有一雙手繞過來，熱的，陌生的，但在想像中出現過千百遍，因此又是熟悉的。披肩掉在地上，她和他也掉在地上。冰涼的地板彷彿在流動，洗滌他們年輕的身體。那雙手有點怯，百靈帶它們到想到的地方，像抓著溫暖的麵團；至於她自己，她的手，在熱辣的壯實的肌膚上，像暖水一樣流瀉。百靈把手指尖伸進去，暖的，滑的，黏的，溼的。她的手在裡頭等了一會，把汗燙熱了，暖的、滑的。漸漸她添了力道，用指尖，用掌心，抓過來，再推回去……一切在她手裡隨搓揉的節奏彈動，像拒絕，像迎接。

蟋蟀在外面叫。喘息中百靈仍然清楚聽見。

再次醒來時，百靈已經在自己的房間裡了。她平靜地洗了澡，換上乾淨衣服，吃了簡單的早餐。高燒完全退了，精神已回復過來。百靈認為自己已經痊癒。

她打電話給啟邦。

「要我來接你回家嗎？」啟邦問。

「不用了。」百靈平靜地說，「我好多了。英傑今天比賽，你回來吧，我們去打氣。」

風夾著初冬的陽光，乾躁而溫暖。清晨的校園，人不多，一地的黃葉，像一幅電影海報。百靈抬起頭；灰綠色的宿舍在日光中回復一幢矮小監獄的模樣。百靈拾起一塊小石頭。她把雙手放進大衣口袋中，石頭在指尖間來回滾動，光滑、冰冷。

游泳池邊上的石梯坐滿了人，啟邦和百靈站在後排。即使這樣遠，她仍清楚看到英傑的表情，專注的、淡然的，跳下去時沒有水花。半分鐘後，英傑的手指首先碰到池邊。他贏了。在轟然的掌聲中，百靈想像池水的冰涼與岸上的陽光交錯。那是泳手拚命要觸及的彼岸。

啟邦拖著百靈，擠過人群往前走。不過幾十米的路，百靈感到自己的肩膊不停與別人的擦過，大衣裡的後頸、腋下擠出一身汗。終於到了前排，啟邦拚命向英傑揮手，興奮得像他自己得獎似的。英傑走過來，與啟邦緊緊地握著手。英傑的身上還滴著池水，赤裸的胸膛不住地起伏。劇烈運動過後熱氣包圍著他，往百靈的臉上衝。

英傑終於放開啟邦的手，望向百靈。

「謝謝你來。」英傑說。臉上沒有特殊的表情。百靈一笑，沒說什麼。

「今天吃點好的慶祝！」啟邦嚷嚷，「吃什麼，拿了冠軍的，你說！」

英傑抹一抹臉上的水，呼吸平靜了些，「餃子吧。紅油抄手。百靈最拿手的。」

「這算什麼？應該到外頭吃點好的嘛，」啟邦雙手搭在老友的肩上，也不顧弄溼自己，「我請客！」

「紅油抄手就好，」英傑笑著，「我就是想吃這個，實在的東西，又熱又辣的。我要吃三大碗。」

「好啦，就依你的。」啟邦只好答應，「我去買啤酒！百靈預備別的。晚上在宿舍見！」

百靈記著英傑的話，在醬汁裡多多地擱了花椒粉、指天椒、浙醋。宿舍沒人了，她盡情地猛火拋鑊，把整條走廊薰成紅油的地獄，麻、辣、鹹、酸、嗆鼻的香，叫人甘心情願地流淚，痛苦地歡喜。芫荽蔥花擱面。另外有炒木耳絲雞蛋，擱點胡椒粉去蛋腥氣。水煮茄子。榨菜油豆腐粉絲湯。

紅的黃的綠的，熱辣辣的。

半年後，百靈把美國寄來的禮物收下。那是一枚游泳獎牌。

徐太太吃過了紅油抄手，洗好碗，在廚房裡噴了點化學香精。不留一點痕跡。洗手後，徐太太把指尖湊近鼻尖，還是聞到花椒味與蒜頭味。她走出客廳，看看大鐘，十點半，徐先生大概半小時後就回家了。明天還要望彌撒呢。徐太太想了想，決定把大門的鐵鍊拉上，即便有鎖匙也無法開門進來。啟邦不會怪她的。就像那天晚上所有菜都是辣的，啟邦也沒怪她。住宅會所大堂有張按摩椅，他可以在那裡張就著睡一晚——反正他一向倒頭便睡，什麼也不想。

徐太太鎖好門，關上燈，也沒有開冷氣，便往床上躺。一背脊的汗——這是一個仲夏的晚上，熱得月亮也縮小了似的，幸好還有風，吹得人心裡癢癢。徐太太很快便進入黑沉的世界；那裡一個夢也沒有，非常地安穩。

farewell
&
together

春光乍洩

下班時分，踏出大廈門口，迎面而來的是紫紅色的杜鵑；隔著口罩，大麻成對著清晨的花叢打了個呵欠。淚眼中他瞥見巴士埋站，匆匆忙忙趕上了，這才看見手機內的新聞：他住的那座公屋有人中招，半夜被圍封了。

媽的！就說返工不要焓眼瞓[1]！現在才知道實在太遲了。

大麻成當夜更保安，這種工作你不做大把人做，被圍封幾日無法返工的結果，一定是被老細炒魷魚。大麻成抬起頭，望著對面睡死了的乘客。不，總不能就這樣丟了工作，得找個地方落腳，過了這幾天再算。

1 焓眼瞓：打瞌睡。

想到這裡他下了車。

能去哪兒呢？大麻成沒有親人，朋友也不多；即使有，人家有妻有兒，哪有地方讓一條有中招嫌疑的麻甩佬入去住幾日？站在街口的垃圾桶前，他拉下口罩，點起香菸。後面的小食檔已經開了檔；旁邊「不准泊車」的路牌前一輛豐田停下，絞下車窗，向檔主嗌了聲「三條腸粉，十粒燒賣」。老闆把熱騰騰的食物袋好，走過來遞到車裡。司機看了大麻成一眼，跟老闆說：

「你叫佢戴翻好個口罩啦。」

老闆也看了大麻成一眼，說：「佢食緊菸。」

大麻成覺得自己在哪裡都是錯的。他把菸蒂按熄，想到一個地方：珍妮的家。

珍妮是鳳姐，疫情前，大麻成間中[2]會幫襯[3]，覺得她不多話，很文靜。疫情已兩年，沒見珍妮也兩年了，她還在老地方嗎？會不會忘記自己呢？想到這裡大麻成覺得自己真沒良心——不過是肺炎，他就把珍妮徹底忘了，怪不得女人都說男人靠不住。想到這裡大麻成也買了幾條腸粉，廿蚊魚蛋，廿蚊燒賣，兩枝豆漿，上了往廟街

2 間中：偶爾。
3 幫襯：光顧。

的巴士。

「咯咯咯。」

大清早便有人叩門？會不會是大廈有人中招要強制檢測？珍妮心裡狐疑，從防盜眼一看，只見一個熟面熟口的男人站在外面。

「咦，成哥？」珍妮此刻的訝異比被通知強制檢測更強烈，「這麼早啊？」

「哦，是。」大麻成嘻嘻笑，「剛好經過這區，想起很久沒見你了，於是買了早餐上來，看看你。」

珍妮看看大麻成手上，果然拿住食物。但今日還未開工，自己還未化妝，身上T恤睡褲，牙也未擦。

「啊……有心了，先進來吧。」

大麻成入屋，很慶幸這裡不用嘟APP。珍妮匆匆地梳洗過，給他倒了一杯茶。

「看，我買了些腸粉、燒賣什麼的，不知道你愛不愛吃。」

珍妮有點感動又有點奇怪：給她額外打賞的客人是有的，但從來沒有人給她買食物。世界上沒有無緣無故的愛，還是邊吃邊看著辦好。微暖的腸粉沾上足夠的甜醬，燒賣也沒有太多的粉和肥肉。他們默默地吃著新鮮的早餐，一時無話。

大麻成是不知道該怎樣開口。兩年沒見，一見面便有求於人，臉子有點過不去；他也沒什麼能回報，頂多就是交上這幾天的房租。還有，如果珍妮有客人上門，該如何安置自己呢？這些問題都得跟她商量。

「是這樣的。」大麻成喝一口茶，「有件事，想請你幫幫忙。」

借錢？這是珍妮首先想到的。她僅有的兩件金器就在床頭櫃的盒子裡，那裡面還有些現金。大麻成雖然是曾經的熟客，大概還不知道盒子裡的乾坤。

「哎……」大麻成想說，又不敢說。在他猶豫的這幾秒鐘，珍妮已經想好了：一千元之內，送給他。一千至三千，寫借據。三千以上免問，她實在沒有。大麻成對她一直客客氣氣的，也有出手闊綽的時候，這是珍妮能力範圍內能幫他的了。

「是這樣的……」大麻成終於想到開場白，「你今朝有看新聞嗎？」

珍妮聞言，便打開電視，只見一大班穿了保護衣的人在某幢大廈出出入入，三數路人則在外面指指點點。

「我沒有中招。」大麻成先澄清，「我沒有發燒，也沒有喉嚨痛。我進來前在電梯口量了體溫的。」

珍妮看著他，等他繼續說。

「不過……我住的大廈有中人了。」大麻成愈說愈細聲，「就是新聞報導的這一幢。」

珍妮回頭，看見大廈外圍已被圍上橙色膠帶。膠帶隨風飄揚，其實一扯便斷；可是，比膠帶更堅固的，似乎是周遭的氣氛；鬧內好些人往外看，眼神空洞，好像橙色帶外面是個大原野，看不見盡頭。

「所以，你沒辦法回家，是嗎？」珍妮問。

「嗯……是的。」大麻成本來想說「我把你的家看成自己的家一樣」，但這實在太虛偽，不出口。

珍妮不作聲，站起來往房間裡去了。大麻成獨自坐在這小小的客廳，覺得無比窘迫：會不會是房間裡還有客人未走（雖然通常沒有人過夜），又或者珍妮拿出掘頭掃把來……

珍妮出來了，遞上香菸。兩個人，各自點火，一人一支。早上八點半，淡泊的晨曦從窗外照進來，照在窗前兔仔花淡青的花苞上。大麻成這發現：沒化妝的珍妮，吸菸時嘴唇四邊泛了淡淡的幼紋。

電視傳來輕快的音樂，早晨新聞結束了；大麻成叼著的菸蒂上，菸灰愈來愈長。等這枝菸燒完我就走，男人老狗。這是大麻成在疫情下最後的尊嚴。

珍妮忽然把香菸按熄，隔著一張飯桌的距離，看著對面的大麻成。大麻成覺得這個眼神彷彿從天邊看過來。

「一千元，五天，包食，不包上床。」珍妮說，「如果有客人來，你到街上走走。」

「好好好。」大麻成忙不迭答應。

「一場相識，我也不收你市價的租金。」珍妮又說，「不過是用來置分被鋪，煲個湯。」

「這當然是我自己負責。」大麻成也把香菸按熄，好顯得誠意些，「有什麼地方讓你破費的，你告訴我便可。」

「客什麼氣，老朋友嘛。」珍妮點點頭。這兩年來，鳳樓的生意簡直慘淡；不論

大麻成給多少，都是幫補，還讓他欠下一個不小的人情，將來可能用得著。想到這裡

珍妮拿起茶杯喝了口茶，為這飛來的運氣慶祝一下。

「你也累了，先洗個熱水澡。」穿著米奇老鼠T恤的珍妮款款站起，撥一撥頭髮，「抽屜裡有紙底褲，你先用著。我到樓下買套新睡衣。你穿大碼是嗎？」

「是是是。」大麻成也連忙站起來。

「啊對了，企缸去水有點慢，我也沒心思理。或許你順手通一通。」

「好好好。」

「你慢慢洗。」珍妮把風衣穿上，「我買報紙上來給你看。」

掩上大門後，珍妮禁不住掩嘴偷笑起來。

就這樣，大麻成和珍妮開始了同居（不同床）的生活。

打從老母死後，大麻成就沒跟女人同住過了。至於珍妮，男人如流水，從沒留下來過夜的，也算是新鮮經驗。平時的日間，她多數睡覺；現在，陽光照進這殘舊的房子，她忽然發現原來牆角發黃已久；天花板有水漬；床頭櫃面的防火板翹起了一角。她有點不好意思，只好裝作若無其事，把新買來的床單鋪好在海綿爆了的沙發上，放

好枕頭，還在上面灑了點花露水——灑上了她才想起大麻成現在不是恩客的身分，只是手勢慣了。

「你先打個盹，我煮好飯來叫醒你。」

珍妮把窗子打開一條隙，讓空氣流通；然後拉上窗簾，擋著光，好讓大麻成在上班前能睡一覺。大麻成躺在那裡，看著珍妮的背影，覺得有點陌生。之前每次來都匆匆忙忙，幹完就走；加上燈光昏暗，他根本沒看清楚珍妮的身材樣貌。現在，他才看清楚：穿著家常便服的珍妮，看起來比穿喱士[4]睡袍時倒還年輕些；大概四十來歲，五呎兩三吋，屁股有點大，顯得腰細。喱士睡袍下的珍妮通常不戴胸圍；此刻大麻成抬頭看看，一個胸圍兩條內褲就晾在窗邊，也不過是普普通通的款式。

花露水的香味掩蓋了牆角的霉味。大麻成朦朦朧朧地睡著了。

上班前，大麻成在珍妮的家裡吃了晚飯。平時，他不是茶餐廳解決，便是自己在家煮麵；今晚，他看見廚房裡的珍妮忙碌地操作，便自動自覺地把摺檯上的報紙雜物收拾好；清理菸灰盅；抹好桌面，鋪好膠檯布。這些事以前都是老母做的，老母走後

4 喱士：蕾絲。

他一個人住也不動手。做起來其實也不難嘛，大麻成想。然後幫忙開飯，遞這遞那。珍妮沒有跟他客氣。她知道大麻成有點過意不去；畢竟，像他這樣的一個麻甩佬[5]，對女人客氣並不因為心地特別好，而是臉子上過不去；她必須讓他有點難堪，讓他時時想起自己處於求助的姿態；那麼，五天後，他住的大廈解封了，他的荷包也可能對她解封。事實上，珍妮並不常做飯；她也是獨居，一日三餐隨便應付過去。對上一次煮飯給男人是什麼時候的事呢？她已經忘了。女人的青春，不是消逝在廚房裡，便是消逝在床上，沒什麼分別。

當大麻成把番茄煎紅衫魚、蒸水蛋和芥菜肉片鹹蛋湯一一放好時，他不由得有點感動。開始的時候，不過是借宿，竟然附送住家飯，也可算是意外之喜；那種感覺，就像在超市結帳時，才發現買滿二百元有優惠券贈送似的。

「麻煩你了。」大麻成扒了一口飯，說。

珍妮微微一笑，給他勺了些蛋。這一頓晚飯吃得有點沉默。他們好像認識了許久，又好像認識不深；而且，已許久沒跟別人一起吃飯了。這頓飯到底像尷尬的搭檯還是

5 麻甩佬：粵語稱粗魯男人。

靦腆的初戀？他們兩個都說不上來。

這晚，坐在保安崗位的大班椅上，大麻成不時提醒自己腰骨要端正，口罩要戴好，向每個進入大廈的人問好，禮貌周周地讓他們量體溫，搓酒精消毒雙手。大部分人都沒理他，也有一兩個太太向他點點頭——這時，大麻成就會起身替她們按電梯掣，方便的話也閒聊數句：「買餸啊？」、「煮飯啊？」，之類。

「肺炎個案數字今日再創新高，錄得二千五百一十二宗案例，其中葵涌嘉港邨嘉喜樓，進入被圍封的第二日。居民陳先生在電話中向記者表示，他已經向任職的機構說明處境，但老闆表明，如果陳先生仍然無法上班的話，公司必須另覓人手取代。陳先生慨嘆，自己幾次檢測的結果都是陰性，不明白為何要與患病者一同被困，現在更要擔心生計問題。他希望政府能體諒香港人搵食艱難，讓他出去上班。下一則新聞……」

大麻成把收音機關上——這兩年，哪裡還有「下一則新聞」？全部都是疫情、疫情、疫情，聽得人都麻木了。這個陳先生大概是鄰居吧？不知道他住哪個單位？和自己的單位近不近？大麻成想。申請到公屋的時候，所有人都替他慶幸。現在，大家都想逃離公屋，逃離這個城市，去一個可以正正常常上班返工的地方——不論是否疫情，人還是得吃飯；要吃飯，就要開工。「雷公不打吃飯人」，搵食就是不想死，這樣的人雷公也敬畏幾分。想到這裡，大麻成主動拿起掃把，把電梯大堂的幾張紙巾掃掉，又拿起裝酒精的噴壺，往電梯按鈕和空氣中猛力地噴幾下。

不知道珍妮有沒有開工？有沒有提醒嫖客要先洗手？大麻成並不知道，此刻的珍妮正在換牆紙。她忽然發現牆角發霉的部分很礙眼，便到上海街的裝修店買些零碎的牆紙，自己動手。業主不會理會這些小事，她也懶得跟對方交涉；反正沒有客人，就當是打發時間。

讀書的時候，珍妮喜歡上美術科，繪畫、做手工，都難不到她。美術科老師是唯一一個會稱讚她的老師，也是唯一一個跟她說實話的老師：單單手工好是不夠的，在這個社會中，中英數的成績比美術重要得多。於是珍妮從沒想過能憑手工藝養活自己和家人。讀完中三，已是珍妮的極限；做過收銀，做過速遞，到頭來是鳳姐的工作做得最長久。打工打得再好，都不過是聽命於人；反而做一樓一，獨門獨戶，誰也管不了誰。這個城市裡，什麼人也有，她遇過吃霸王餐的、一邊幹一邊看股市行情的、幹不成把她罵一頓的、幹不成跟她談心事的……這些年來，累積了客人和經驗，珍妮覺得自己能夠應付的事情愈來愈多。這兩年，生意慘淡，姐妹們有不少早已轉行炒散，或是隨便找個人嫁掉；只有珍妮還守得住，靠的就是經營——很早她便知道賭博和毒品是無底深潭；而儲蓄和投資相當重要；趁著現在清閒的日子，把該維修的地方維修一下，搞好外觀與衛生，也算是出於對工作的尊重——要不，疫情過去了，才發現自己根本沒準備好過好日子。

珍妮其實沒有想太多。做手工的時候，她的心很安靜。牆紙米白色底，淺粉紅玫瑰；貼好了，廉價的單位竟添上幾分古典風。珍妮印一印額上的汗，覺得很滿意。

平日的下午——「平日」指還沒有疫情的時候——珍妮多數睡午覺，養好精神晚上開工。現在，晚上也空閒得很，日間只好眼光光坐著。大麻成在客廳的沙發上睡得鼾聲如雷，珍妮只好戴上耳機看配音韓劇。

電話傳來響聲，是珊珊的短訊。

「打咗針未？」劈頭便是一句。

「食咗飯未？」珍妮回覆。

「？？？」

「以前問候就係食飯未，而家就係打針未。」

「邊個得閒問候你，我真係問你打咗針未。」

被上司調戲的女主角獨自在房間裡飲泣，男主角在外面趕來。

「無客，打嚟做咩？」

「打咗先有客丫嘛。」

「車！咁個客有無打針我鬼知？」

男主角猛力拍門，拍得鬼哭神嚎的。就不知道按門鐘？

「生意難做呀，你幫我寫幾隻字貼門口。」

「寫咩？」珍妮的一手字在行內算整齊，廟街上的「十八佳人」、「三百蚊全套」、「風騷少婦」等，不少是她的筆跡。

「打足三針，任你開心，得唔得？」

「使唔使咁呀你，做壞晒規矩。」

女主角開門了。

「我三個月無工開啦，就快無錢交租啦。」

「我……我覺得自己好汗穢……」女主角哭訴。

「？？」

「好啦好啦。」珍妮隨便回覆。男主角摟著女主角，安慰她。

「咁我而家嚟[6]。」

珍妮終於可以專心煲劇了；這才猛然想起：大麻成在這裡！不可以讓珊珊知道！這條財路怎可隨便公開？她跟珊珊還沒好到那個地步。

珍妮回頭看了大麻成一眼，只見他還是睡得死死的。珍妮拔下耳機，過去拍醒他。

「成哥！成哥！」

「啊？」鼻鼾聲停下來，房間忽然很安靜。

「你往我房裡睡去。」珍妮替大麻成拿過被鋪，「你睡我的床吧。」

大贈送？不是說不包上床的嗎？大麻成突然清醒過來。

6 咁我而家嚟：那我現在來。

躺在這張之前已躺過的大床上，大麻成忽然產生嶄新的感受：以往，帶著幾許微醺，大麻成總以為這張床很大很大，是他身為一個男人，蛟龍也似地翻滾的大海；卻原來，沒有了粉紅色的床頭燈與酥軟身軀，這就是一張普通的床，只比單人床大一點，絕對不足以兩個人並頭而睡；床單洗得有點舊，也因此很舒服，有淡淡的洗衣粉的清香。枕頭上留有珍妮的氣味——既不是香水也不是胭脂水粉，是皮膚獨有的，溫暖而略帶混濁的氣味。在這氣息中，大麻成想起了一樁樁往事，彷彿謎底一層層揭開——原來，那時完事後，珍妮總是馬上起來洗澡，從來沒跟他一起入睡過；原來那時他上來，珍妮沒給他遞過一杯茶。原來那時他要走了，只是放下錢，從沒問候她的近況，也沒有捎些點心什麼的給她……他們的關係就是單純的生意買賣，貨銀兩訖。

現在，一個疫情爆發的下午，她讓他躺在自己的床上。他聽到外面另有一把女聲，隱約在說「打針」、「嘟手機」什麼的。會不會是有人收到消息，知道自己躲在這裡呢？想到這裡大麻成側起耳朵，只聽到珍妮說「不用擔心」、「不要緊張」、「沒事的」，似乎在安慰也在隱瞞對方……大麻成一陣感動。珍妮，如果確診數字到達兩萬，也許我對你會有一點真心，你對我也會有一點真心……

等到珍妮把珊珊送走後，大麻成已經在床上重新熟睡了。珍妮看著他。男人睡覺的樣子她見多了，不論高矮肥瘦猥瑣斯文，一旦睡著了，便總是一臉疲累。在這個城市，活著並不容易。現在是下午三點，大麻成的疲累在日光中更是明顯：睡眠不足讓他兩頰起了色斑，而吸菸者的毛孔又特別地大。珍妮倒是佩服大麻成到哪裡都睡得著。

手機上傳來信息，今日確診數字三千二百宗，政府和許多大機構要求員工必須打針才能上班，出入商場會抽查疫苗證明。珍妮往窗外望，樓下的露天菜攤開了；還是趕快下樓買餸，省得超市的客人也來搶。果然，菜比昨日又貴了，人也多。珍妮買完菜，見隔離花檔阿婆在打瞌睡，便放下十元紙幣，自己拿走兩包白蘭。過門算是客，雖然大麻成是熟人，總得招呼招呼；白蘭的香氣她自己也喜歡。

「葵涌嘉港邨嘉喜樓進入圍封第三日，已經有三分之二的居民完成了強制檢測，總共尋獲一百五十名陽性個案，其中有五名患者屬於復陽個案。圍封期內，政府派員到訪四十五戶，當中五戶無人應門，政府提醒沒有應門的居民，在看到政府張貼的告示後，應盡快聯絡政府進行檢查。有居民拍下大廈內的照片，顯示電梯大堂的垃圾車塞滿垃圾，清潔工人來不及清理，衛生情況不如理想……」

大麻成關掉收音機，抹一抹櫃台，跟接更的同事點點頭，步出大廈門口，才嘆了一口氣。大麻成很少在別人面前嘆氣；以前他覺得這樣做不太吉利，現在簡直是喪氣——一會兒見到姑媽，也不要在她面唉聲嘆氣。

姑媽是大麻成在香港唯一的親人了，不過姑姪的感情一向不算很親密。去年，堂哥移民的時候，曾在電話裡叮囑過大麻成多點去探望她。大麻成聽完也就算了：做兒子的都走人了，他這個做姪兒的又能作什麼呢？頂多就像以往那樣，過農曆年時往老人院一趟。然而，昨天晚上，大麻成卻想起姑媽來了；不知她知不知道要打針？有沒有人給她拿主意？

昨晚，珍妮告訴他，珊珊無法說服在老人院的母親打針，很是苦惱。

「你怎麼看？」大麻成呷了口湯。珍妮今晚煲清補涼。

「都八十多了，她愛怎樣就由她吧。」珍妮說，「如果是我，我情願中肺炎，快點死，總被關在老人院不見天日的好。」

大麻成在路口的生果檔買了幾個橙，然後跳上往老人院的小巴。

「通融一下可以嗎？」大麻成跟職員說，「我只說兩句，放低兩個生果。」

「不可以，政府規定的，」職員只打開了一點門縫，露出半邊塑膠面罩，「這些時候，誰敢犯規？抗疫是第一要緊的事！」

「怎麼了？我現在不抗疫嗎？」聽著那種口吻，大麻成有點生氣，「我就是來看我姑媽要不要打針的，你說我不抗疫不防疫嗎？」

「總之不行！」職員的聲音隔著口罩與面罩傳來，像低飛的轟炸機，「政府說了，老人院不准探訪，誰敢犯規？我們擔不起這個責任！」

大麻成被膠面罩上的反光閃了一下，往後一縮，「嘭」的一聲門便關了。大麻成「呸」了一聲，氣息都吐在口罩裡。想了一想，他只好站在老人院門口，給姑媽打電話。

「姑媽！」大麻成對住電話大吼。姑媽已經九十歲了，撞聾，「阿成呀！」

「哦，哦。」姑媽答。大麻成不太肯定姑媽是否聽清楚。

「你有打針嗎？」大麻成又問，「有沒有人幫你打針呀？」
「什麼柑？沙糖柑？好呀好呀。」
「不是沙糖柑呀。」大麻成覺得自己快斷氣，「你打唔打針呀？」
「打金？我都無哂啲金囉，打乜？」姑媽在電話那頭咭咭笑，像個小孩。姑媽是有點痴呆了吧？大麻成有點後悔沒多來看她。
一輪無效的溝通後，大麻成只好掛上電話；唯一的收穫是知道姑媽還沒死，聲音聽上去也算精神。大麻成有點心煩，又掏出口袋的香菸；見兩個警察從街尾走來，也就放棄了。

圍封已經第三天了，也迎來了大麻成的例假。一覺醒來，天已近黃昏，珍妮正好從外面回來。
「成哥，睡醒了？」珍妮手上挽著幾袋菜，把報紙和一個小膠袋放在餐上，便轉身走進廚房。大麻成打開小膠袋一看，裡面是一只菠蘿包、一只雞尾包。
「怕你醒來肚餓，買了麵包，轉頭沖杯咖啡給你。」

大麻成看著蹲在雪櫃前的珍妮：一袋袋餸菜放在她的腳邊，長鬈髮扎成馬尾拖在風衣上；沒有化妝的臉，只有兩道紋過的眉顯出淡淡的青藍色。其實她晚上有沒有客人呢？有沒有別的男人坐過自己用來睡覺的沙發？大麻成忽然為自己的想法吃驚：珍妮的生意跟自己沒關係，不是嗎？

「今晚我放假。」大麻成說，「我們……我們到外面走走，好嗎？」

珍妮轉過頭來，看著他。大麻成穿著背心內衣，孖煙囪[7]，夾著一雙人字拖。珍妮提醒自己，這個男人跟其他男人沒兩樣；他們大多數心腸不壞，有時會有突如其來的善意，只是這些善意多數無法持續太久。

「現在外出很不方便呢。」珍妮關上雪櫃門，「餐廳晚上沒堂食，其他地方即使開了門，也要打針，嘟APP，量體溫什麼的。」

大麻成一時間搞不清楚，珍妮算是答應了還是拒絕自己的邀請。

「不過既然成哥有興致，那就去吧。」珍妮站起來，走進房間換衣服。經過大麻成身邊的時候，她不忘向他微微一笑——可能是出於職業上的習慣。

7 孖煙囪：四角褲。

大麻成和珍妮沒想過，這一晚的假期，原來是一大考驗。

大麻成已許久沒跟女性出外約會了。在他幾十年前的記憶中，跟女士約會，應該由男性作主的。於是他帶珍妮到戲院，到達的時候才知道戲院因為防疫政策暫停營業。

「哎呀，」珍妮嘆口氣，「太可惜了，我很久沒看電影了。」

珍妮的失望倒是真的。因為工作，大麻成和珍妮見過各式各樣的人；但除此以外，他和她平時沒什麼社交生活，並不知道戲院因為疫情的緣故停止營業。

「那麼……唱K也是不行的了。」

「唱什麼K呢？現在流行曲我一點也不懂了。」珍妮笑道。

大麻成搔搔頭。他覺得自己有責任安排好節目。

「先吃飯？」

「餐廳沒夜市呀。」

「那……我們做什麼好呢？」

「急什麼呢？」珍妮撓住大麻成的手臂，「我們有的是時間，索性邊走邊想，不好嗎？」

大麻成其實有點不好意思；珍妮既不是女朋友更不是老婆，讓熟人撞見的話該如何解釋呢？可是他也捨不得推開她。畢竟，珍妮為了跟他外出，換上了連身裙，頭髮梳成一個髻，而且塗了一點脂粉；他總不能辜負她這分心意。

以往，來找珍妮的時候，都得穿過廟街夜市。兩排開滿大排檔，鑊氣與人聲混在一起，滿街鬧哄哄的。現在，大排檔都不營業了，煲仔飯與薑蔥蟹變成廿八元一盒的兩餸飯。燈火照樣通明，門外也有人排隊；大家戴著口罩買完就走，比以前安靜多了。

「其實如何想出這麼多菜式？」大麻成找些話題。

「再多十來樣也無所謂呀，反正都是同一個湯勺同一個芡。」珍妮答。

話雖如此，大麻成聞到這油膩的氣味，還是不爭氣地肚餓了——可是他不想吃兩餸飯——平時還吃不夠嗎？今晚大麻成想體面些。

「聽說有間西餐廳，外賣八折。」珍妮彷彿知道他在想什麼，「就在前面的後巷。」

珍妮口中的「西餐廳」其實是一間咖啡店：店名是英文的，米白色的門口掛上木製的風鈴；旁邊一排花圃，插上幾枝乾花草。門上的玻璃透出一點微黃的光，好像稍微大聲的說話也會把這光碰碎。大麻成和珍妮站在門口，覺得這間店與廟街格格不入，而自己又與這間店格格不入。

大麻成小心翼翼地推開門；沒有客人的店面，只得兩個後生，一個在水吧後工作，一個在掃地。裡面的兩個與進來的兩個對望了一會。

「買外賣嗎？」掃地的問。

「嗯……是的。」大麻成答。

「吃什麼？」後生把掃把放好。

「嗯：你們有什麼？」

「不如試試我們的手工意粉、手工咖啡和手工啤酒？」

哦？大麻成又愣住了。

「你來介紹吧，我們第一次來。」珍妮說。於是後生給他們說了些菜名。

「我覺得都很好呢，不如就讓他們拿主意吧。」珍妮轉向大麻成。其實她也聽不懂那些意大利名字。

拿著兩盒有點貴的意粉與兩支啤酒，大麻成和珍妮在榕樹頭天后廟前坐下來開飯。食物的味道不錯；人少，坐在這裡，竟也感到樹下吹來的涼風；宮粉馬蹄甲在他們的頭頂盛放，在夜色中徑自紅粉緋緋。大麻成抬起頭，打了個嗝，聞到花香，心想：春天原來已經來了。

「平時這裡有個唱粵曲的。」

「上個月返鄉下了。」

「噢。」

「夠飽嗎？要不要加點牛雜？」

「夠了，不用了。」

他們有一搭沒一搭地聊著，話題漸漸地寥落了；沒有性愛，沒有消費的去處，甚至沒有柴米油鹽，這一夜遂成為這一對男女最漫長的光景。然而，就像珍妮說的，他們有的是時間；十字路口的汽車，閃著紅色白色的車頭燈，一輛一輛地駛過；路口的排檔開檔了，沒有遊客途人也很少，但生活還是要過下去；於是，各種莫名其妙的雜貨、玩具、衣物，在白色燈光照耀下便顯得分外俗艷，像要盡力向世界展示自己的存在。一個老伯經過，手裡拿著一個背心膠袋——全香港的阿伯都愛拿著紅色的背心膠袋，裡面是銀包、長者電話，與揉成一團的心事。背著燈光，大麻成看不清老伯的樣子，但心裡卻不期然覺得自己將來就是這樣。

「我想去算命。」珍妮忽然說。

大麻成喝著啤酒，看著她。

「會不會有點傻呢？幾十歲人。」珍妮在夜晚的空氣中微笑。

大麻成想了想。

「就是因為幾十歲人才去傻一次，不然就沒機會了。」大麻成對自己睿智的回答十分驚訝，彷彿是那個貴價的意粉產生了作用。

榕樹頭的算命攤檔，並沒有因為疫情而減少；相反好像還多了幾檔。也對，走運的時候，誰想到算命呢？現在，珍妮眼前的攤檔，有看掌的、看相的、看八字的、紫微斗數、星座星盤，還有塔羅和水晶球。什麼「男人斷掌千斤兩，女人斷掌過房養」、「眼秀睛紅潤有砂，睛圓微露似桃花」，她有點聽膩了；剛好前面有個塔羅攤檔，坐著一位看起來頗時髦的女郎，綁著頭巾，領口有大幅的荷葉花，一雙耳環垂下來搖晃；珍妮便在她面前坐下來。

「想問什麼？」女郎問。近看才發現她年紀不算小，眼睛細長，眼皮有點腫，嘴巴在口罩下，看不到。

「嗯……」珍妮一時間竟想不出有什麼想問，「自身？」

女郎洗好牌，把牌攤開成扇形，讓珍妮抽一張。

「不用思考，憑直覺抽一張，塔羅牌讓你聆聽內心的聲音。」

珍妮想笑，但還是忍住了，隨便抽了一張牌。女士把牌翻開。

「Lovers，戀人。」

珍妮忍不住回頭，看了大麻成一眼。大麻成拉下了口罩，在不遠處的垃圾桶前抽菸，似乎沒聽到她們的對話。

「是什麼意思呢？」

「很多人都以為戀人牌一定跟戀愛有關，其實不一定。」女郎的手指尖在牌子上劃過，「戀人牌也可以解作結盟、合作的關係。」

珍妮把戀人牌拿在手中細看。

「這是一雙赤裸的男女，分開站著，」女郎說明牌上的畫面，「他們對彼此坦誠，但又不算很熟絡親熱。上空是天使，看著他們。」

「哦……」

「短期內，你可能要作出重要的選擇。」女郎盯著珍妮的眼睛，「你要做好理性與情感之間的平衡。」

春風吹來，有點垃圾的氣味，提醒珍妮自己正身處現實。她站起來，說聲「謝謝」，付錢離開。

「來吧，我請你吃甜品。」珍妮回到大麻成身邊，「買外賣，回去吃。」

他們來到鵝記門口，珍妮一口氣叫了喳咋、涼粉和芝麻湯圓。大麻成覺得她算過命後，心情似乎很好。

大麻成和珍妮回家後，吃了甜品，洗過澡，互道晚安，各自睡了——沒有想像中的纏綿悱惻；對珍妮來說，跟男人吃喳咋，比上床浪漫得多了。至於大麻成，他對於自己這個晚上的表現有點驚訝：即使稱不上風度翩翩，也總算斯文有禮吧？這種自覺令他吃完甜品後自動自覺地洗好碗；看見珍妮從浴室裡出來時打著呵欠，主動跟她道晚安。他好像第一次發現自己也能細心，能體會別人的感受。躺在沙發上，大麻成一時間睡不著；轉過身來，看見自己的底褲和珍妮的底褲晾在窗邊輕輕地擺蕩；渾圓的月光在擺蕩中時隱時現，好像要穿過這個塵世，微笑著，看著渺小的凡人。剛才春風吹過，隱約把珍妮與塔羅師的對話，吹到大麻成的耳邊；他不知道塔羅靈不靈，反正「舉頭三呎有神明」，總有一個天使或觀音之類。從前，大麻成以為這話叫人不要做虧心事；現在他覺得，這話大概還有「命中註定」的意思；如果不是疫情，不是圍封，他怎會到珍妮這裡來呢？他怎會發現自己能照顧人，也能被人照顧呢？

疫情前，他不過是一個自私的男子，她不過是一個自私的女人。但在這兵荒馬亂的時代，個人主義者是無處容身的，只能容得下一對平凡的男女。

「嘉港邨嘉港樓在圍封五日後，將於今日下午解封。有居民表示心情十分興奮，會馬上返工，希望僱主能體諒；也有人表示已經習慣圍封的生活，對於政府在圍封期間派發的罐頭、飯盒大致滿意，不過如果能送上新鮮蔬菜就更好……」

大麻成「噗」一聲笑出來，幾乎把菠蘿包皮噴在珍妮臉上。

「唔好意思。」大麻成連忙喝口茶，把麵包送進胃裡。珍妮也笑了。

「夠飽嗎？給你煎隻蛋？」珍妮伸出沒有寇丹的指尖，把嘴角的牛油抹進嘴裡。這個動作到底是誘惑的性質還是知慳識儉的舉止？大麻成沒有多想。

他們沉默著。大麻成盯著桌面上的麵包碎。下次還是應該用小碟托著吃，他想。他心裡明白，圍封的日子已經結束了；下次坐在這張餐桌前吃早餐，會是什麼時候呢？想到這裡，大麻成感到胃酸有點上湧；他又喝了一口茶。茶包泡得久了，茶水有點苦。

「你這裡的租金，一個月多少？」大麻成鼓起勇氣，問。

「七千五。本來八千五，我跟業主說，這半年生意實在差，不減租我就走佬。他答應了。」

珍妮回答的時候，眼睛盯著電視新聞。她不是不記得，當初大麻成要來暫住時，她千方百計地讓他以為自己會影響鳳樓的生意；只是經過了這幾天，她覺得其實也瞞不過去——大麻成又不是傻子。況且，像大廈圍封這種事，一生人中會發生多少？下一次會是什麼時候？可能是下星期，也可能以後也不會發生；大麻成還會不會來暫住？可能是下星期，也可能以後都不會。

「租金不便宜呢。」大麻成又說。

「差不多啦。」

電視繼續播放疫情新聞。主播說，政府準備了大批福袋，在嘉喜樓解封後送給居民，裡面有罐頭鮑魚、冬菇、臘腸等。

「你有分嗎？福袋。」珍妮回頭，目光恰好碰上大麻成的眼睛。空氣忽然凝固了；主播的聲音變得遙遠，好像一個不相干的人，對著遼闊的草原，訴說自己與別人無關的生活片段；一陣乾燥在兩人中間漫延開來；晨曦照進，好像要把這乾燥燃燒。

窗前的兔仔花在這草原中盛放。

「不如你搬來，跟我住吧。」大麻成吞下一啖口水，「公屋，租金便宜。」

珍妮看著他。

「我的意思不是要你分擔租金，」大麻成覺得自己好像說錯了話，著急起來，「租金，我會付的。我的意思是……嗯……把你的名字加入戶口……」

珍妮看著大麻成，看著他鼻頭冒出的一滴汗珠。感動啊！活到這把年紀，感動本身就是稀罕的，不管什麼原因。單憑這一點，珍妮會記得這名恩客，永遠永遠。

「成哥。」珍妮坐直了身子，「這幾天我過得很開心。」

大麻成低下頭來。眼前的菠蘿包碎，在陽光下閃閃動人。

「你知道，我是獨門獨戶，慣了的。」珍妮仔細地考慮用語，「怎麼說呢，就好像，出入自由，不會被人圍封，也不會圍封別人的，那種。」

大麻成想了一會，先是跟自己點點頭，然後抬起頭，看著珍妮，臉上掛上笑容。

「我明白的。」他說，「即使有福袋，也不會有人想被圍封。」

話畢，大麻成覺得自己好像在這幾日間變聰明了！在這種不免尷尬的情景中，他竟然接上了珍妮的話！這個既大方又幽默的自己，是他以前想也沒想過的。

「謝謝你這幾天的招待。」大麻成站起來，由衷地說，「我真心希望你的生活開開心心，啊，應該說百毒不侵。」

「大家咁話[8]。」珍妮也站起來，伸出手。兩個人的手握著，像一宗合作的結束，雙方都感到十分滿意。

香港的陷落成全了他們的友情——在這個不可理喻的世界裡，誰知道疫情是因，還是果？誰知道呢……珍妮並不覺得她在這場抗疫史上的地位有什麼微妙之點。她只是笑吟吟地，把大麻成送到電梯口。

在這乍洩的春光中，到處都是傳奇，可不見得有這麼圓滿的收場。電視新聞的消息還是嘩啦啦地吵著，在沙發上未摺好的被單表面，流過來，又消失了，說不盡的蒼涼的故事——不問也罷！

8 大家咁話：彼此彼此。

後記：這些年來

「以張國榮的作品為題，出一本小說集」這個想法，多年前已出現，一開始只單純地為了紀念兒時的偶像。然而，隨年月過去，「張國榮」這個名字，已不單指一位歌手、演員、藝人或明星，更彷彿成為不同人心目中的「香港」象徵：那曾經的繁華璀璨、風流自在，還有對周邊地區的話語權與影響力。把這些聯想連貫在一起的，是張國榮的死；他的死，非關崩壞或淪喪，而是突然如花凋落。這樣，這也許更符合大眾對於香港命運的想像。

但現實是，香港，和香港人，並沒有死，仍然生存。從這個角度看的話，或者張國榮的抑鬱（與抑鬱症），更貼近當下的狀況。如果有足夠的勇氣，我們要直面的，又豈只是張國榮的美麗，更還有他的抑鬱。在這個有六成人出現抑鬱症狀的城市中，追逐繁榮，歌頌安定，本身已是最大的 Depression。

憂鬱，源於壓抑，遂有了文明，有了理性與瘋狂，也有了文學。本書命名《有心人》，凡有「心」者，自然有各種情感與欲望，也造成壓抑與展示，互相拉扯，毋論輸贏，至死方休。故事中的賢淑婦人，瘋子庶民，以至知識分子，都難免塵俗心願；他們中有的坦然，有的隱藏，無非是在各自的處境中，給自己尋一條生路——不是每個人都能成為張國榮般的經典，但求存之道即使再委屈曲折，仍自有其尊嚴。

本書的第一個寫成的故事〈無需要太多〉成於二〇一三年，最後一個〈灰飛煙滅〉成於二〇二四年。這些年來，我與我身處的香港，經歷過飛揚，處身於困頓；人生與世情，本皆如是，又何須訝異。身為抑鬱症患者，我希望藉著本書之書寫，讓抑鬱症的結局不止是死亡，而成為創作的成果；也希望撥開因抑鬱而生的種種乖順、不甘與叛逆，解碰和接納最真實的自己。那是心靈上真正的自由。

farewell
&
together

〔blink〕004

有心人

作者　張婉雯
副總編輯　洪源鴻
責任編輯　董秉哲
封面設計　adj. 形容詞
版面構成　adj. 形容詞
攝影　達瑞
文字校訂　郭正偉
行銷企劃　二十張出版

出版　二十張出版——遠足文化事業股份有限公司
發行　遠足文化事業股份有限公司（讀書共和國出版集團）
地址　新北市新店區民權路108之3號3樓
電話　02・2218・1417
傳真　02・2218・0727
客服專線　0800・221・029
信箱　akker2022@gmail.com
Facebook　facebook.com/akker.fans
法律顧問　華洋法律事務所版——蘇文生律師
製版　中原造像股份有限公司
印刷　中原造像股份有限公司
裝訂　中原造像股份有限公司
出版　二〇二五年四月——初版一刷
定價　四〇〇元

ISBN —— 978・626・7662・09・0（平裝）　978・626・7662・07・6（EPUB）　978・626・7662・06・9（PDF）

國家圖書館出版品預行編目（CIP）資料：張婉雯 著 —— 初版 —— 新北市：二十張出版
—— 遠足文化事業股份有限公司發行　2025.4　288 面　14 × 21 公分　（blink；4）
ISBN 978・626・7662・09・0（平裝）　857.63　114001147

風繼續吹，有了你，即使平凡卻最重要。

AKKER
二十張出版

有心人

farewell
&
together